Kompaß-Bücherei Band 352

NEUES LEBEN

Auf der Neugeborenenstation hat Tina keine freie Minute, aber ihre Gedanken sind häufig bei Frank, der für eineinhalb Jahre Soldat ist. Sie haben sich an das Getrenntsein gezwungenermaßen gewöhnt, schreiben sich häufig, und Tina besucht ihn, sooft es möglich ist. Trotzdem ist die Trennung eine ernste Prüfung. Fünfhundertsiebenundvierzig Tage, denkt Tina, Zeit genug, sich darüber klarzuwerden, ob Frank wirklich der Richtige ist.

Rudi Benzien

Schwester Tina

Verlag Neues Leben
Berlin

Mit Illustrationen von Dieter Heidenreich

ISBN 3-355-00301-8

Lizenz Nr. 303 (305/162/87)
LSV 7501
Umschlag: Dieter Heidenreich
Typografie: Katrin Kampa
Schrift: 9p Timeless
Gesamtherstellung: GG Völkerfreundschaft Dresden
Bestell-Nr. 644 173 3
00180

1

Tina saß, nur mit BH und Slip bekleidet, vor dem Spiegel. Nach Dienstschluß hatte sie ausgiebig geduscht, nun färbte sie ihre Augenlider grünlich, zupfte mit der Pinzette an ihren Augenbrauen herum, bemalte sorgfältig ihre vollen Lippen, tupfte mit einem Wattebausch Make-up in ihr Gesicht.

Plötzlich hielt sie inne.

„Wozu machst du das eigentlich?“ sagte sie zu ihrem Spiegelbild und schmiß ärgerlich den Wattebausch in den Mülleimer neben der Tür.

Sie würde nicht weggehen können, denn sie hatte in dieser Nacht Bereitschaftsdienst. Da saß sie nun in dem kleinen Zimmer gleich unter dem Dach, draußen an der Tür stand ihr Name: Schwester Tina.

Auf dem Korridor roch es wie im ganzen Haus nach Desinfektionsmitteln.

Diese Etage war das Schwesternwohnheim.

Eine Etage tiefer lagen der Kreißsaal, die Wöchnerinnen- und die Neugeborenenstation.

Tina ging ans Fenster.

Ab und zu kamen junge Männer vom Haupttor her mit Blumen in der Hand, um sich ihre neugeborenen Kinder anzusehen.

Von der Allee her drang Verkehrslärm hoch.

In Tina stieg Wut auf. Sie trat vom Fenster zurück, ging zum Regal, nahm sich den Radiorecorder, stellte ihn auf den Tisch, drückte die UKW-Taste.

„... von der Biskaya zieht ein Hoch ostwärts ...“

„... in Dubai ließen die Entführer Frauen und Kinder von Bord gehen ...“

„... Professor Doktor Patrick O’Neill, der acht Monate im Busch unter Menschenaffen lebte ...“

Sie drehte weiter am Senderwahlknopf, hoffte auf Musik, auf ganz bestimmte, die zu ihrer Stimmung paßte. Aber sie fand keine. Sie stieß mit dem Zeigefinger auf die Aus-Taste.

Sie sah sich im Zimmer um. Ihr Blick wanderte über die Stelle im Regal, wo bis gestern Franks Tonbandkassetten gelegen hatten, die er extra für sie bespielt hatte, von Gerd Christian bis Rod Stewart.

Nach dem Krach hatte sie zu ihm gesagt: „Du kannst auch gleich deine Kassetten mitnehmen, von wegen für jede Stimmung etwas, mir ist jetzt nach Kanonendonner, der ist sowieso nicht dabei.“

Frank wollte die Kassetten nicht nehmen, aber sie hatte sie ihm einfach in seine Umhängetasche gesteckt, bevor sie ihn zur Tür hinausschob. Dann hatte sie eine Weile gehorcht, ob er zurückkommen würde.

Aber er war nicht zurückgekommen. Sie hörte, wie sich seine Schritte entfernten.

Das war gestern gewesen.

Hätte ich doch wenigstens die Kassetten hierbehalten, dachte sie.

Sie setzte sich wieder vor den Spiegel und wischte das Make-up mit Creme ab.

Im Spiegel sah sie, daß in der hinteren Ecke des Wandregals, gleich neben „Weltall, Erde, Mensch“, hochkant eine Kassette stand. Sie nahm sie, drückte sie in den Radiorecorder.

Ein gleichmäßiges Rauschen kam aus dem Lautsprecher. Sie probierte die andere Seite: auch hier Rauschen.

Wenn sich Frank heute abend nicht blicken läßt, dachte sie, dann fahre ich morgen zu ihm.

Gestritten hatten sie sich schon oft, aber rausgeschmissen hatte sie ihn noch nie.

Noch immer kam das monotone Rauschen der unbespielten Kassette aus dem Lautsprecher.

Tina zog den Verlobungsring vom Finger und warf ihn in die Zimmerecke, klingelnd sprang er hin und her.

Sie schaltete das Tonbandgerät aus, suchte den Ring, rutschte auf den Knien auf dem Fußboden herum, stocherte mit einer Haarklemme in der Scheuerleistenritze. Der Ring blieb verschwunden. Resigniert gab sie auf. Sie lauschte in den Flur hinaus. Ob Frank nicht doch ...?

Wenn jetzt wenigstens jemand an die Tür klopfen und sagen würde: Tina, wir brauchen Sie, aus dem Kreißsaal kommen die Babys wie vom Fließband. Aber es geschah nichts.

Ich werde verrückt in dieser Bude, dachte sie.

In solch einer Situation war sie noch nie gewesen.

Vor drei Wochen hatte es wieder einmal Krach zu Hause gegeben, es ging um nichts Besonderes. Mutters übliche Vorhaltungen:

„Wenn du schon später kommst, dann sag wenigstens vorher Bescheid ...

Im Haushalt könntest du auch mal wieder was machen ...

Acht Stunden hinterm Ladentisch, da weiß ich auch, was ich getan habe ...

In deinem Zimmer sieht es wieder aus wie in einem Saustall ...

Solltest dir ein Beispiel an deiner Schwester nehmen ...“

„Ich gehe, ich besorge mir ein Zimmer im Schwesternheim, ich hab's satt, jeden Tag die gleichen Sprüche zu hören“, hatte sie ihre Mutter angeschrien.

„Dann geh doch, von mir aus geh lieber heut als morgen“, kam es zurück.

Ihr Vater, der große Streitschlichter, war gerade für ein Vierteljahr auf Montage. Sein Betrieb, der Großtransformatoren baute, hatte ihn nach Sibirien geschickt.

Ein Wort hatte das andere gegeben. Drei Tage später klappte es mit dem Zimmer im Schwesternwohnheim. Tina zog aus.

Dann verkrachte sie sich mit Ulrike, ihrer Schwester, wegen einer Lappalie. Tina konnte sich nicht mal mehr erinnern, worum es eigentlich gegangen war.

Gestern nun der Streit mit Frank.

Frank wollte sich nicht mit Tinas Dienstplan abfinden. Die vielen Dienste am Wochenende, oft Dienstwechsel mitten in der Woche, vom Frühdienst zum Nachtdienst ...

„Das ist doch kein Leben mit uns, wir sehen uns zu selten, meine Kumpels im Betrieb sagen auch, so was würden sie nicht mitmachen“, das hörte sie in der letzten Zeit immer häufiger von Frank.

Sie erklärte ihm geduldig, daß Babys eben rund um die

Uhr zur Welt kommen und sich nicht an Zeiten zwischen sieben und siebzehn Uhr halten.

Meistens ließ sich Frank mit ein paar spaßigen Sätzen, einem Dutzend Küssen und manchmal auch etwas mehr von diesem Thema abbringen.

Gestern hatte Tinas Prinzip nicht funktioniert.

Frank war stur geblieben.

„Entweder du läßt dich ein paar Wochen auf Normaldienst setzen, oder ...“

„Was ‚oder‘?“ fragte Tina, „was meinst du damit?“

„In ein paar Monaten gehe ich zur Fahne, bis dahin könntest du wirklich Normaldienst machen oder wie ihr das nennt. Wenn ich bei der Armee bin, dann kannst du immerzu Nachtdienst machen ...“

„Normaldienst gibt es bei uns nicht, und für mich wird keine Extrawurst gebraten“, sagte sie, und es klang härter, als sie es eigentlich gewollt hatte.

„Das ist es ja, du hast garantiert noch nie gefragt, ob es nicht ausnahmsweise mal ginge, du willst es überhaupt nicht ...“

„Geh doch, such dir eine, die nur Normalschicht arbeitet, vergiß auch deine Kassetten nicht.“

Nun saß Tina im Zimmer, in dem sie sich nicht zu Hause fühlte, und hatte niemanden, dem sie ihr Herz ausschütten konnte; ihren Vater nicht, bei dem sie es am liebsten getan hätte; auch Ulrike war nicht da, bei der sie es am zweitliebsten getan hätte.

Sie setzte sich an den kleinen runden Tisch, zog den Radiorecorder zu sich heran, steckte den Stecker des Mikrofonkabels ins Gerät, drückte auf die Taste, auf der KW stand, drehte an verschiedenen Knöpfen, der Zeiger rutschte hinter dem Skalenglas hektisch hin und her. Pieptöne, Musik und fremdländische Wortfetzen drangen in ihr Ohr, aber nicht in ihr Bewußtsein.

Ohne hinzusehen, drückte sie wieder ein paar Tasten. Stille trat ein.

„Es ist zum Verrücktwerden, ausgerechnet heute muß ich Bereitschaft haben, ausgerechnet heute. Warum mußte ich ihm auch noch die Kassetten hinterherschmeißen?“

Wütend hieb sie wieder auf die Tasten ein, als würden die

dafür können, daß ihr in den letzten Tagen soviel schiefgegangen war. Plötzlich hielt sie inne. Da kam etwas aus dem Lautsprecher des Recorders, was sie hinhören ließ.

Es war ihre leicht verfremdete Stimme, die aus dem Lautsprecher kam. Sie ließ das Band zurücklaufen und spielte es wieder ab. Dann nahm sie sich das Mikrofon und drückte die Aufnahmetaste herunter.

Aber auf Anhieb fiel ihr nichts ein, was sie hätte sagen können.

„Ich bin die berühmte Sängerin Tina Calotta ... Sie sind also die berühmte Sängerin Tina Calotta Veneri, erzählen Sie doch unseren Hörern mal, wie es mit Ihnen angefangen hat."

Sie hielt das Tonband an, ließ es zurücklaufen und hörte sich an, was sie gesprochen hatte.

Sie war beeindruckt, nicht von dem, was sie sagte, sondern einfach von der Stimme, die da aus dem Lautsprecher kam. Das war eine richtige Radiostimme, gar nicht ihre, mit der sie „Guten Morgen, Herr Doktor!" sagte oder „Rutscht mir doch alle mal den Buckel runter!".

Sie bekam Lust, noch mehr auf die Kassette zu sprechen.

Sie löschte den alten Text von der berühmten Sängerin nicht; wo er aufhörte, sprach sie weiter.

„Also, meine Herren und Damen, ich bin nicht die Sängerin Tina van Bergen, wie Sie vielleicht denken, sondern die bedeutende Kinderkrankenschwester Tina, die gute Fee im Babyland. Der erste Mensch, mit dem die Babys, wenn sie das Licht der Welt erblickt haben, richtig zu tun bekommen, das bin ich ..."

„Dann komm mal, du erster Mensch, wir brauchen dich dringend, zwei Babys in der letzten Stunde, drei sind mindestens noch zu erwarten."

Im Türrahmen stand Ingrid.

„Ich spinne ein bißchen mit dem Kassettenrecorder", sagte Tina entschuldigend, schaltete das Gerät ab, stand auf und ging zur Tür.

„So in Slip und BH? Vielleicht ziehst du doch lieber 'nen Kittel über."

Tina wurde rot und ärgerte sich darüber.

Ich muß völlig durchgedreht sein, dachte sie, ging zum Schrank und zog sich einen Kittel über.

„Hast wohl Probleme mit deinem Fränkiboy? Soll ja gestern abend etwas laut gewesen sein bei dir …"

„Dein Interesse ist rührend, nächstens werde ich dir ein Protokoll zukommen lassen, damit du genau informiert bist."

„Dir muß aber eine gewaltige Laus über die Leber gekrochen sein", sagte Ingrid beleidigt. Sie verließ das Zimmer, gefolgt von Tina. Wortlos gingen sie nebeneinander durch den Flur, die Treppe hinunter zur Neugeborenenstation.

Unter Arbeitsmangel litt Tina in dieser Nacht nicht.

Es ging los mit Flaschenwaschen, Sterilisieren von Spritzen und Kanülen, Routinearbeiten, die Tina nicht gerade liebte. Noch vor Mitternacht holte sie zwei Babys aus dem Kreißsaal, einen Markus Meier mit einer Himmelfahrtsnase und eine Babette Klaucke mit langen schwarzen Haaren und schönen langen Wimpern.

Die Hebamme im Kreißsaal hatte ihr die beiden in den Arm gelegt, in jeden eins, ein junger Assistenzarzt marschierte vor Tina her und öffnete ihr alle Türen.

Ingrid und Tina mußten sich beeilen, denn um vierundzwanzig Uhr mußten vierundvierzig Babys frisch in Windeln verpackt werden, die Hälfte davon, die sogenannten Sechsmaler, warteten darauf, daß sie ihr Milasanfläschchen bekamen.

Trotzdem, beim Empfang ließ sich Tina Zeit.

Ingrid hatte sich für Markus entschieden, Tina behielt das Baby Babette für sich.

Sie maß die Temperatur, badete das Baby und trocknete es sorgfältig ab, reinigte mit Tupfern vorsichtig Nase und Ohren, cremte es ein und redete dabei mit ihm.

„So, meine Liebe, nun wickeln wir dich schön ein und bürsten deine Haare. Jetzt könnten wir zur Babyausstellung gehen, du würdest garantiert den ersten Preis bekommen."

Dann lag das Baby Babette als vorschriftsmäßig gebündeltes Neugeborenes auf dem Wickeltisch. Tina besah es sich noch einmal genau von allen Seiten, nahm es hoch, küßte es auf die Nase und brachte es ins Nebenzimmer, wo lauter

Körbe an der Wand befestigt waren. In das dritte Körbchen von der Tür legte sie Babette Klaucke.

Sie füllte das große Krankenblatt aus, auf dem die ersten Lebensdaten eines Neuankömmlings verzeichnet werden: Name der Eltern und Beruf, Geburtstag und -stunde, Länge, Gewicht, Temperatur ...

Aus den anderen Zimmern kam das quäkende Geschrei der hungrigen „Sechsmaler", die nach ihren Fläschchen verlangten, das Signal für Tina und Ingrid, daß sie sich beeilen mußten.

Um zwei Uhr kamen sie endlich dazu, sich eine Tasse Kaffee zu machen. Sie saßen mit weit von sich gestreckten Beinen in ihren Sesseln und schlürften den Kaffee.

„Du mußt mir ja nicht erzählen, weshalb ihr Krach hattet, du und dein Fränkiboy. Echt mal, wenn du denkst, daß ich neugierig bin, da irrst du dich ..."

Tina hatte die Augen geschlossen. Sie holte tief Luft, um der gar nicht neugierigen Ingrid „eins mit dem Säbel überzuziehen", wie sie es nannte. Da klingelte das Telefon. Ingrid nahm den Hörer ab, Tina stieß die eingezogene Luft zischend aus.

„Dann kommen wir beide", sagte Ingrid in den Hörer und legte auf. „Erhebe dich, du müde Schnecke, das nächste Pärchen wartet auf uns im Kreißsaal", sagte Ingrid und stand stöhnend auf.

Kurz vor sieben Uhr stand Tina wieder in ihrem Zimmer, todmüde. Kein Gedanke mehr an den Krach mit Frank. Sie nahm auch keine Notiz von dem Kassettenrecorder auf dem Tisch, sie ließ sich rückwärts auf die Liege fallen und schlief auf der Stelle ein.

Den Brief, der auf dem Tisch gleich neben dem Recorder lag, hatte sie nicht bemerkt.

Es war gleich elf, als sie aufwachte, und das erste, was ihr ins Auge fiel, war der Brief. Obwohl sie alles andere als frisch und munter war, sprang sie wie elektrisiert hoch.

Sie nahm das Kuvert in die Hand, es war offen, aber sie fürchtete sich, das beschriebene Blatt Papier aus dem Umschlag zu ziehen. Sie legte den Brief auf den Tisch, ging unter die Dusche, frühstückte anschließend, wobei sie immer auf den Brief starrte.

Sie nahm den Umschlag wieder in die Hand, befühlte ihn.

Außer einem beschriebenen Blatt Papier war da noch etwas im Umschlag. Nun ist alles klar, den Brief muß ich nun gar nicht mehr lesen, da steckt sein Verlobungsring drin, das sagt alles, dachte sie.

Sie zog entschlossen den Briefbogen aus dem Umschlag.

Meine liebe streitsüchtige, uneinsichtige, rechthaberische Tina! Natürlich habe ich nicht ganz recht, aber denk nicht, daß Du ganz recht hast. (Ich schreibe ‚ganz' klein und hinten mit z, das ist ein freundlicher Akt von mir.)

Ich hätte das lieber alles mündlich mit Dir besprochen, aber Du warst schon zum Dienst, als ich hier ankam. Ich habe Dir zwei Vorschläge zu machen.

Vorschlag Nummer eins: Den Abend, an dem Du mich rausgeschmissen hast, vergessen wir – so leicht wirst Du mich nicht los.

Vorschlag Nummer zwei: Atze pumpt mir morgen seine MZ. Um fünf, gleich nach der Arbeit, komme ich zu Dir, und wir fahren irgendwohin. Bis dahin wirst Du ja ausgeschlafen haben …

Morgen? Das ist ja heute, ging es Tina durch den Kopf. Sie las weiter:

In der Ecke am Fenster habe ich einen Ring gefunden. Ich wette, das ist Deiner. Wenn ich mit Atzes Feuerpferd angeritten komme, will ich ihn wieder an Deiner linken Hand blinken sehen.

Dein Frank

PS: Denk nicht, weil ich den Anfang gemacht habe, daß ich nun für immer Deinen komischen Dienst akzeptiere. Ich komme Dir zwar einen Schritt entgegen, das heißt, eigentlich gehe ich einen Schritt zurück, ich hoffe, Du tust das auch.

2

Mit Frank ist wieder alles in Ordnung. Ich mußte ihm allerdings versprechen, daß ich freiwillig keinen zusätzlichen Wochenenddienst mehr mache, jedenfalls so lange nicht, bis er zur Fahne geht. Irgendwie habe ich zwar ein schlechtes Gewissen dabei, aber dieses Zugeständnis mußte ich ihm schon machen.

Gestern waren wir mit dem Motorrad am Müggelsee. Da gab es fast wieder Krach, weil er an den FKK-Strand wollte, ich aber nicht. Ich finde es blöd, sich da von den alten Knakkern anstarren zu lassen, außerdem ist mein neuer Bikini ein Gedicht, wiegt höchstens zehn Gramm.

Wir gingen an den Textilstrand.

Nach dem Baden fuhren wir zu mir, da konnte mich Frank lange genug ohne Bikini sehen.

Es war eine schöne Nacht. Wir quatschten fast bis um zwei. Das finde ich unheimlich gut. Früher, als ich noch zu Hause war, redeten Ulrike und ich oft bis weit nach Mitternacht über alles miteinander. Es war dunkel im Zimmer, und leise spielte unser Radio. Wir hatten keine Geheimnisse voreinander, das kam später. Jetzt, wo ich Ulrike selten sehe, und wenn, dann nur am Tage, da können wir nicht mehr wie damals über alles reden. Es macht mich traurig, wenn ich daran denke, daß es Dinge gibt, die schön waren, die aber nie im Leben wiederkommen werden.

Es ärgert mich, daß Frank mich manchmal nicht versteht. Ich erzählte ihm zum Beispiel letzte Nacht, daß es mir manchmal so geht wie Liza Minelli in dem Film „Cabaret". Oft spüre ich das Bedürfnis, richtig laut zu schreien, so laut, daß die Wände wackeln. Das kann mich ankommen, wenn ich besonders fröhlich oder glücklich bin, auch wenn mir hundeelend ist. Wo kann der Mensch schon mal so richtig laut aus Leibeskräften schreien, wenn ihm danach ist? Da würde doch jeder gleich denken, daß man eine Macke hat. Im Film „Cabaret" ist die Minelli, als ihr nach Schreien zumute war, einfach zu einer S-Bahn-Unterführung gegangen, hat gewartet, bis ein Zug über die Brücke donnerte, und hat geschrien, dann ist sie befreit wieder nach Hause gegangen.

Das kann ich verstehen.

Als ich Frank fragte, ob er auch schon mal ein Schreibedürfnis verspürt habe, da sagte er: „Tina, ich weiß, manchmal hast du ganz schön verrückte Ideen."

Bevor ich mich über seine Antwort ärgern konnte, küßte er mich und streichelte meine Brüste.

Den Liza-Minelli-Effekt werde ich mal im Wald ausprobieren, wo mich kein Mensch sehen und hören kann, aber wenn ich da nach zwei Stunden ankomme, dann ist mir vielleicht gar nicht mehr nach Schreien. Die richtige Wirkung setzt sicher nur ein, wenn man in dem Moment, wo einem danach ist, auch gleich brüllen kann.

3

Sie hatten es gewußt, lange genug, aber als in Franks Briefkasten die grüne Karte steckte, sah die Welt mit einem Schlag anders aus. Wenn es nach Frank gegangen wäre, hätten sie Hochzeit gefeiert, lange bevor die Einberufung angeflattert kam. Tina hatte nicht gewollt.

„Wenn wir die Armeezeit hinter uns haben, dann heiraten wir, vorher, das wäre Quatsch. Du hast bloß Angst, daß ich dir während dieser Zeit abhanden komme."

Frank hatte nicht mal abgestritten, daß er davor Angst hatte.

„Verheiratet zu sein bedeutet eine festere Bindung, als bloß verlobt zu sein", gab er zu.

„So, du traust mir also zu, daß ich durchbrenne, und glaubst, wenn wir den Ring von der linken Hand auf die rechte stecken, das wäre die Garantie, daß ich dir nicht untreu werde ... Franki, Franki, du bist ein Einfaltspinsel", sagte sie, und Frank war sauer, stocksauer.

Nun, wo es feststand, daß er in zwei Wochen den Koffer packen mußte, war Tina nicht mehr so sicher, ob ihre Ablehnung richtig gewesen war. Schließlich gab es auch in Stükkow, wo Frank seine Armeezeit absolvieren sollte, Mädchen, und Ausgang würde er ab und zu haben. Wenn ihm da nun ein anderes Mädchen über den Weg läuft? Aber der Zug war abgefahren, Hochzeit war nicht mehr drin. Zwar waren die Wartezeiten beim Standesamt nicht so lang wie bei einer Trabi-Anmeldung, aber innerhalb von zwei Wochen gab es keine Chance. „Außerdem, wenn ich heirate, dann muß mein ganzer Stamm dabeisein, ich will zu Hause bei meinen Eltern feiern. Du kennst meine Mutter nicht, sie braucht eine Vorbereitungszeit von mindestens drei Monaten", sagte Tina.

In ihren Nachtgesprächen schworen sie, sich treu zu bleiben. Einen Trost gab es außerdem noch, Stückow lag keine sechzig Kilometer von Berlin entfernt, da konnte Tina Frank oft besuchen fahren.

Eine Woche bevor Frank einrücken mußte, besuchten sie zusammen Tinas Eltern. Tinas Vater war gerade von seiner sibirischen Montagereise zurückgekommen. Eigentlich hatte Frank nicht mitgehen wollen. Er glaubte, daß ihn Tinas Vater nicht besonders mochte. Er war gegen die Verlobung gewesen, das hatte er zwar nicht direkt gesagt, aber von Tina wußte Frank, daß er zu ihr gesagt hatte: „Mädchen, du mußt dich doch nicht gleich verloben. Ich hab nichts gegen deinen Frank, aber um den Richtigen zu erkennen, muß man vorher schon ein paar andere gekannt haben."

Tina hatte sich aber nicht von der Verlobung abhalten lassen.

Sie schleppte Frank jedenfalls mit zu sich nach Hause, und er war mitgegangen, weil er sonst von den wenigen Abenden, die ihnen noch blieben, einen verloren hätte.

Tinas Vater erzählte, wie sie fast ihren Großtrafo nicht hätten montieren können, weil die sowjetischen Bauarbeiter Schwierigkeiten mit dem Fundament hatten, das auf dem aufgetauten Frostboden wegzusacken drohte. Ulrike war mit ihrem Freund da. Für jeden hatte Tinas Vater ein kleines Geschenk mitgebracht, auch für Frank, einen Aschenbecher aus sibirischem Malachit. Sie tranken armenischen Weinbrand.

Tinas Mutter gab die Geschichte zum besten, wie es ihr nach tagelangem Rumtelefonieren gelungen war, für ihren Babyausstatterladen vierzig Babykopfkissen aufzutreiben.

Dann sagte Tinas Vater zu Frank: „Und am Montag in acht Tagen geht es also ab zur Fahne. Was haltet ihr davon, wenn wir am nächsten Freitag eine anständige Abschiedsfeier steigen lassen?“

Frank war so überrascht, daß er nicht wußte, was er sagen sollte.

Tina sprang ihrem Vater auf den Schoß und gab ihm einen Kuß.

„Du bist das beste Väterlein, das es gibt.“

Tinas Mutter war von dem Vorschlag nicht so sehr begeistert, was sie sich aber nicht anmerken ließ. Sie dachte an die Unordnung, die entstehen würde, wenn das Haus voller Leute war. Sie fürchtete Brandlöcher in Tischdecken und Teppich.

Als Tina und Frank zurück zum Schwesternwohnheim gingen, sagte sie: „Nun gib schon zu, daß du dich in meinem alten Herrn getäuscht hast, er mag dich ...“

„Vielleicht ...“, sagte Frank. Er war sich nicht sicher, ob Tinas Vater die Fete nicht nur deshalb gab, weil er froh war, daß er, Frank, jetzt für längere Zeit verschwand.

Von diesen Gedanken sagte er Tina nichts.

Dann auf der Liege in Tinas Zimmer fragte sie nach einer Weile: „Soll ich dir was Schönes verraten?“

Frank schwieg. Er zog mit seinem Zeigefinger eine unsichtbare Linie über ihre Haut vom Kinn bis zum Nabel.

„Nicht, Franki, soll ich dir die Überraschung sagen oder ...“

„Na, sag schon“, erwiderte er.

„Für unsere letzte Woche habe ich Urlaub genommen.“

Er küßte sie, daß ihr fast der Atem ausging.

Dann lagen sie eine Weile schweigend nebeneinander.

Tina hörte durch die Wand, wie Oberschwester Berta in ihrem Zimmer rumorte. Sie wischte, wie jeden Tag, ihren Fußboden, dazu spielte sie auf ihrem vorsintflutlichen Plattenspieler ihre Lieblingsplatte. In den paar Wochen, seit sie im Schwesternwohnheim lebte, hatte Tina diese Platte schon fast an die hundert Mal anhören müssen.

Mädchen, liebst du einen Fallschirmspringer, so lieb ihn nimmer, denn er kehrt nicht mehr zurück ... In einer anderen Strophe des Liedes war von einem U-Boot-Fahrer die Rede. *... und taucht sein U-Boot nicht mehr auf, Mädchen warte nicht länger darauf, denn er kehrt nicht mehr zurück ...*

Sonst hatte sich Tina über dieses blödsinnige Lied geärgert, heute machte es sie traurig. Da fiel ihr ein, was Oberschwester Berta gesagt hatte, als sie fragte, ob sie eine Woche Urlaub haben könne.

„Weshalb so plötzlich?"

„Mein Verlobter kommt zur Armee, es ist unsere letzte Woche."

„Das soll ein triftiger Grund sein?"

„Für mich ist es einer ..."

„Als ich so jung war wie Sie jetzt, 1940 war das, glauben Sie, da wäre ich auf die Idee gekommen ..."

Da spürte Tina Wut in sich aufsteigen, sie wußte, nun würde sie unsachlich werden, schließlich kannte sie sich.

„Mich interessiert nicht, was Sie 1940 oder in der Steinzeit gemacht haben, ich nehme jedenfalls nächste Woche Urlaub, und wenn Sie sich auf den Kopf stellen ..."

Ihr Disput fand ein Ende, weil Tina ein Neugeborenes aus dem Kreißsaal holen mußte.

Als Tina damit beschäftigt war, das Baby zu baden, kam Berta und sah ihr eine Weile wortlos zu. Alte Ziege, dachte Tina, wartest wohl darauf, daß ich irgendwas falsch mache.

„Mit Ihrem Urlaub, das geht schon in Ordnung", sagte Berta und ging aus dem Raum.

Geliebt wurde Oberschwester Berta von den Schwestern der Station nicht. Nichts war ihr sauber genug, keine konnte ihr alles recht machen. Besonders den jüngeren Schwestern gegenüber war sie unausstehlich, jedenfalls empfanden sie es so.

Die Platte war abgelaufen, nur noch die Schruppgeräusche drangen durch die Wand.

Frank setzte sich aufrecht und sah Tina an.

„Wir werden uns jetzt drei Wochen nicht sehen, drei Wochen ..."

Tina legte ihren Arm um seine Schulter.

„Junge", sagte sie, „Junge, das stehen wir durch, garantiert, uns bleibt nämlich gar nichts anderes übrig."

Durch die Wand drang eine neue Melodie. Der Refrain des Liedes ging so: *Reite, kleiner Reiter, reite in die weite Welt, bald hast du dein Ziel erreicht.*

Sie ließen sich beide nach hinten fallen und lachten aus vollem Halse.

Dann war Freitag. Frank hatte schon zwei Abschiedsfeiern hinter sich, eine mit seinen Kollegen aus der Brigade. Sie hatten ihm die üblichen Sprüche mit auf den Weg gegeben: „Nie auffallen, Alter, weder positiv noch negativ, das ist eine goldene Regel ..." und ähnliches in der Art. Die andere Fete hatten seine Freunde arrangiert. Ein Glück, daß auch Tina dabeigewesen war, denn Frank, der nicht viel Alkohol vertrug, war bald ziemlich elend zumute gewesen. Da konnte er froh sein, daß eine vollausgebildete Kinderkrankenschwester zur Stelle war.

Nun stand ihm nur noch die Feier bei Tinas Eltern bevor. Wenn ihm ein gutes Argument einfallen würde, hätte er sie ausfallen lassen. Aber er spürte, daß Tina viel an diesem Abend lag, also machte er gute Miene zum bösen Spiel.

Es wurde ein Abend, wie Frank ihn nicht erwartet hatte. Ulrike war mit ihrem Freund gekommen, Tinas Freundin Ramona war mit ihrem Freund da, es gab Kartoffelsalat, Bockwürste und Pfirsichbowle. Es wurde getanzt, Ulrike erzählte unentwegt von ihrer Arbeit im Kindergarten, Tina war ausgelassen, Frank beobachtete Tinas Vater. Er verglich ihn mit seinem, stellte sich ihn in ähnlicher Situation vor. Was Frank auffiel und beeindruckte, war, daß Tinas Vater nicht die Hausherrnrolle spielte, sondern sich im Kreis der jungen Leute so bewegte, als sei er einer von ihnen.

Tinas Vater tanzte mit den jungen Mädchen, und dazu auf eine Art, mit der er in jeder Diskothek seinen Mann hätte stehen können. Am meisten beeindruckte Frank, wie Tinas Vater mit seinen Töchtern umging.

„Na, junger Mann, würden Sie nicht mal mit mir tanzen wollen?" Tinas Mutter riß ihn aus seinen Gedanken.

„Du wirst ihr doch keinen Korb geben, na, los schon." Tina zog ihn von der Couch.

Als Frank später in der Küche mit der Kelle im Bowlenglas herumfischte, gesellte sich Tinas Vater zu ihm.

„Ich kann mir vorstellen, daß dir nicht gerade besonders heiter ums Herz ist." Er stieß mit seinem Glas an Franks.

„Es geht", sagte Frank.

„Werden deine Eltern zu deiner Vereidigung kommen?"
„Kann sein", sagte Frank.
„Hör mal, Junge, wenn du Tina rechtzeitig schreibst, wann die Vereidigung ist, dann kommen wir mit dem Trabi. Was hältst du davon?"
„Ich würde mich freuen."
„Abgemacht", sagte Tinas Vater und stieß noch mal mit Frank an. Tina kam in die Küche.
„Habt ihr Geheimnisse, Jungs?" fragte sie.
„Du bist neugierig, Tochter."
Sie gingen zurück ins Zimmer.
Den Rest des Abends ließ Frank Tina nicht mehr los, sie tanzten nonstop bis zum Ende der Abschiedsparty.
Auf dem Nachhauseweg wollte Tina wissen, wie ihm der Abend gefallen habe.
„Ich wünschte mir, daß mein Vater ein bißchen so wie deiner wäre", sagte Frank. Mit dieser Antwort war Tina zufrieden.
Am Sonntag kam Frank abends mit seinem Koffer zu Tina. Als er von zu Hause losgegangen war, hatte sein Vater von ihm wissen wollen, ob er denn unbedingt die letzte Nacht bei Tina verbringen müsse.
„Unbedingt", war seine Antwort gewesen, und er war gegangen.

Tinas Tisch war festlich gedeckt. Weingläser, Servietten, allerlei leckere Sachen, das warme Licht einer Kerze erzeugte eine anheimelnde Atmosphäre.
„Soll ich dich morgen früh zum Bahnhof bringen, Soldat?"
„Lieber nicht", sagte Frank.
„Aber gleich, wenn du angekommen bist, schreibst du mir."
„Ehrenwort."
Tina pustete die Kerze aus.

4

Frank ist gerade zwei Tage weg, und schon ist mir, als hätte ich ihn hundert Jahre nicht gesehen. Eigentlich habe ich am Wochenende dienstfrei, werde mich aber um wenigstens einen Dienst bemühen, sonst fällt mir die Decke auf den Kopf. Ob ich am Sonntag nach Stückow fahre, vielleicht kriege ich Frank zu sehen?

Anderthalb Jahre! Gestern habe ich ausgerechnet: Das sind fünfhundertsiebenundvierzig Tage und ein halber dazu, das sind dreizehntausendeinhundertvierzig Stunden oder siebenhundertachtundachtzigtausendvierhundert Minuten. Die paar Minuten werden wir doch durchstehen. Immerhin bin ich dann schon fast einundzwanzig.

Erst in vier Stunden fängt mein Dienst an. Zum Lesen habe ich keine Lust. Ich habe zu nichts Lust. Das kenne ich von früher. Als ich so sechzehn, siebzehn war, lag ich oft auf meiner Liege und starrte stundenlang an die Zimmerdecke. Überall in der Welt gingen große und interessante Dinge vor sich, nur wo ich war, da war nichts los, absolut gar nichts. Gut, ich ging mit Ulrike zweimal die Woche zur Disko, Freundinnen und Freunde hatten wir auch, aber zwischendurch gab es immer wieder diese nervenaufreibende Langeweile. Ich versuchte dann zu lesen, aber da ärgerte ich mich auch nur, weil in den Büchern immer aufregende Sachen beschrieben werden, die mir nie passierten. Ulrike kannte so was nicht, sie hatte mit ihrem Kindergärtnerinnenstudium zu tun, hatte ihren Bert, mit dem sie jetzt schon fast vier Jahre zusammen war, und wenn sie Bücher las, konnte sie dabei lachen und weinen. Darum habe ich sie manchmal ein bißchen beneidet. Richtig wohl fühle ich mich, wenn ich mich mit jemandem streiten kann. Deshalb provoziere ich gern. Ich warte darauf, daß einer irgendwas behauptet, um dann das Gegenteil zu sagen. Ich gebe zu, daß ich mich nach solchen Streitereien manchmal über mich selbst ärgere, weil ich dabei oft Positionen beziehe, die gar nicht meiner Meinung entsprechen. Aber schließlich ist es todlangweilig, wenn einer was erzählt und die Zuhörer können dazu nur ja und amen sagen. In FDJ-Versammlungen zum Beispiel, da hab ich immer ganz schön aufgedreht. Das Ergebnis war, daß sie mich in der zehnten Klasse zum FDJ-Sekretär gewählt haben, während der ganzen Studienzeit war ich in der Leitung, und nach der nächsten Gruppenwahl wird der neue FDJ-Sekretär wohl Tina heißen.

5

Eine gute Woche war Frank nun schon weg, jeden zweiten Tag hatte er einen Brief geschrieben. Für Tina stand fest, am Wochenende wollte sie ihn in Stückow besuchen. Diesen Entschluß hatte sie am Anfang der Woche gefaßt.

Während sie auf der Station ihre Babys badete, einölte, fütterte und in Windeln packte, stellte sie sich vor, was Frank für ein Gesicht machen würde, wenn sie am Sonntag plötzlich vor ihm stünde. Mit dieser Perspektive verging die Woche ziemlich schnell, und Tinas Kolleginnen stellten fest, daß sie wieder bessere Stimmung hatte. In der ersten Woche war Tina sehr schweigsam gewesen, ein Zustand, den sie bei Tina nicht kannten. Nun schien sie wieder die alte zu sein.

„Hast ja deinen Abschiedsschmerz ziemlich schnell überwunden, Tinalein“, sagte Ingrid mit süßlicher Stimme, als ihr Tina mit einem Korb voller Milchflaschen trällernd im Korridor entgegenkam.

„Du merkst aber auch alles, ich hoffe, es stört dich nicht“, sagte Tina und ging trällernd weiter.

Ihre Hochstimmung hielt genau bis Freitag elf Uhr an.

Sie kam gerade bepackt von der Kaufhalle zurück. Die Zutaten für einen Kuchen, den sie Frank backen wollte, beulten ihr Einkaufsnetz aus. Als sie an der Pförtnerloge vorbei war, rief ihr der alte Thieme nach:

„Hallo, Schwester, der Brief hier ist wohl für dich.“

Sie ging zurück. Der Brief war für sie.

Sie setzte sich auf die nächste Bank, öffnete ihn und las:

Liebe Tina!
Ganz schnell ein paar Zeilen. Wenn Du diesen Brief liest, bin ich schon nicht mehr in Stückow, sondern in D. (geheim). Das liegt irgendwo im Norden. Mit noch zwei „Frischlingen“ aus meiner Einheit sind wir zu einem Lehrgang kommandiert. Wir lernen die großen Tatrazugmaschinen zu fahren. Darauf freue ich mich. Sechs Wochen wird der Lehrgang dauern. Meine Vereidigung wird in D. stattfinden. Schade ist bloß, daß wir uns nun doch erst viel später sehen werden, als wir gedacht haben. Bis D. ist es ganz schön weit, da wird Dein Vater wohl nicht hinkommen.
Gleich, wenn ich in D. bin, werde ich Dir schreiben, schon deshalb, damit Du meine neue Anschrift hast und gleich schreiben kannst. Deine Briefe, die unterwegs sind, wird man mir nachschikken.
Also, Tina, Du mußt nicht traurig sein, auch wenn uns jetzt zweihundert Kilometer trennen.
Ich muß noch schnell meinen Krempel zusammenpacken, in zwei Stunden gehen wir auf die Reise.
Ich grüße Dich, Tina, obwohl ich Dich lieber küssen würde.
Dein Frank

Oben in ihrem Zimmer knallte Tina das Einkaufsnetz auf den Tisch, so heftig, daß die Mehltüte platzte und eine Staubwolke aufstieg. Sie warf sich auf die Liege, drückte die UKW-Taste ihres Kassettenrecorders.

Es neigte ein Schwanenkönig
seinen Hals auf das Wasser hinab.
Sein Gefieder war weiß,
wie am ersten Tag …

Sie stellte das Radio lauter. Sie hätte heulen können. Eine Ewigkeit sollte es nun dauern, bis sie Frank sehen würde, sechs Wochen …

… und mit brechenden Augen weiß er,
das wird sein Abschied sein …

Der Karat-Titel paßte genau zu ihrer Stimmung, beim Zuhören wurde sie noch trauriger.

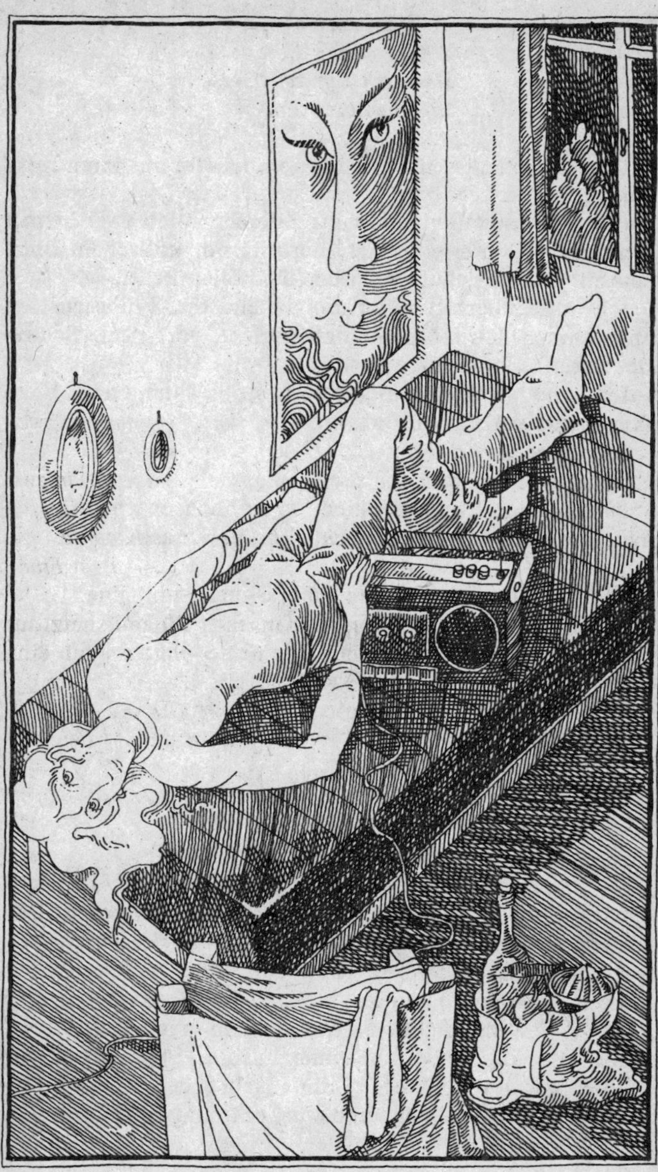

... wenn ein Schwan singt,
schweigen die Tiere,
wenn ein Schwan singt,
lauschen die Tiere ...

Es klopfte zaghaft, Tina blieb liegen, wandte nur ihren Kopf zur Tür, sagte: „Ja, bitte."

Oberschwester Berta kam ins Zimmer, blieb zwei Schritt von der Tür entfernt stehen, musterte mit kritischem Blick den mit Mehl bestäubten Tisch. Tina blieb liegen.

„Ich wollte Sie bitten, am Sonnabend den Frühdienst zu übernehmen. Ich hoffe, Sie haben nichts vor", sagte Schwester Berta.

„Ich habe tatsächlich nichts vor", sagte Tina gereizt, ohne sich auf ihrer Liege zu bewegen.

„Sie übernehmen ihn also?"

„Ich reiße mich darum", sagte Tina.

Schwester Berta blieb einen Augenblick unschlüssig stehen, sie wußte wohl nicht genau, wie sie Tinas Antwort deuten sollte.

„Ja dann, einen guten Tag noch", sagte sie und ging.

Als die Tür ins Schloß schnappte, dachte Tina, eigentlich hätte ich ruhig aufstehen und ihr einen Stuhl anbieten können.

Dann gingen ihre Gedanken wieder zu Frank. Sie versuchte sich vorzustellen, wie er in Uniform und Armeehaarschnitt aussah.

... raunen sich leise zu,
es ist ein Schwanenkönig,
der in Liebe stirbt ...

Sie sprang von der Liege hoch.

„Sentimentale Ziege", sagte sie laut und schaltete das Radio aus. Sie räumte den Tisch ab, stellte die Backutensilien in den Schrank, wischte die Mehlschicht vom Tisch.

Sie beschloß, am Wochenende zu ihren Eltern zu fahren. Sie ließ warmes Wasser ins Handwaschbecken laufen, schüttete Waschpulver hinein und warf ein paar Pullis ins Wasser.

Der Sonnabend, der eigentlich im Zeichen einiger Vorbereitungen für den überraschenden Sonntagsbesuch bei Frank hatte stehen sollen, verlief nicht so trübe, wie Tina erwartet hatte. Als sie um sechs ihren Dienst auf der Station antrat, ihre Babys in Reih und Glied auf dem Transportwagen lagen, um zu den Müttern auf die Wöchnerinnenstation gefahren zu werden, klingelte das Telefon.

Ein Baby mußte aus dem Kreißsaal geholt werden.

„Ich fahre die Babys auf die Station, geh du mal in den Kreißsaal“, sagte Anita zu Tina. Tina war froh, daß sie heute mit Anita Dienst hatte. Mit ihr arbeitete sie gern, da gab es immer was zu lachen, außerdem mochte Anita Ingrid auch nicht und schließlich, gemeinsame Abneigung verbindet.

Im Kreißsaal legte die Hebamme Tina einen kleinen Patrice in den Arm, einen kleinen Afrikaner, dunkelkupfern die Haut und schwarzes krauses Haar. Im Korridor traf sie auf Anita, die gerade von Zimmer zu Zimmer ging und die Babys verteilte.

„Guck dir den an, ist das nicht ein besonderes Schmuckstück? Den nehm ich mir mit nach Hause“, sagte Tina.

„Wenn er dir so gut gefällt, kann ich dir sagen, wo du so einen gemacht kriegst“, sagte Anita lachend.

„Blödes Weib!“ Tina kicherte und verschwand mit Patrice durch die Tür zur Neugeborenenstation.

Patrice war der Star des Tages.

Tina wusch ihn, zog ihn an, dabei hielt sie ihre Begrüßungsrede:

„So, mein kleiner Prinz, ich bin sicher, daß du ein Prinz bist, so einer, der Dornröschen wach küßt oder der Schneewittchen von den Zwergen befreit, diesen kleinen Gaunern, die Schneewittchen immer für sich schuften ließen ...“ Sie mußte ihre Rede abbrechen, weil Oberschwester Berta ins Zimmer kam.

„O Gott, o Gott“, stammelte sie, „das ist alles gegen die Stationsordnung, draußen vor der Scheibe stehen ein Dutzend Leute, alles Afrikaner, einer ist Botschafter, glaube ich. Alle wollen sie das Kind sehen. Was machen wir nur?“

Die Stationsordnung schrieb vor, daß nur einer Person einmal das Kind gezeigt wurde. Meistens war es der Vater, der vor der Scheibe stand, manchmal die Oma, wenn kein

Vater vorhanden war.

„Wir können doch nicht allen das Kind zeigen, das ist gegen die Vorschrift!“ rief Oberschwester Berta jammernd.

„Wenn Patrice ein kleiner Botschafter ist, wird es vielleicht diplomatische Verwicklungen geben, wenn wir ihn nicht allen zeigen. Stimmt’s, Patrice, du wirst dich beim Außenminister beschweren“, sagte Tina und fuhr mit der Bürste über das kurze krause Haar des Babys.

„Ach, Sie reden Unsinn. Sagen Sie lieber, was wir tun können.“ Oberschwester Berta hatte sich wieder in der Gewalt, denn ihre Stimme klang wie gewohnt giftig.

„Ich habe da schon eine Idee, lassen Sie mich mal machen.“

„Und unsere Stationsordnung?“

„Da pfeifen wir mal drauf“, sagte Tina.

Sie nahm Patrice aus seinem Körbchen und ging mit ihm aus dem Zimmer. Oberschwester Berta folgte ihr.

„Und wenn der Herr Oberarzt ...“, gab sie zu bedenken.

„Der wird auch keine diplomatischen Verwicklungen wollen“, sagte Tina mit todernster Miene. Sie ging nicht in den Raum mit dem großen Glasfenster, sondern durch die Tür zur Wöchnerinnenstation. Oberschwester Berta blieb zurück.

Kaum stand Tina im Flur, da stürzten sich laut redend die Afrikaner auf sie. Tina beherrschte die Situation: Sie legte den Zeigefinger auf ihre Lippen und bedeutete ihnen, sie sollten ihr folgen. Schweigend marschierten sie hinter Tina her. Tina ging in das Zimmer, wo die Mutter des kleinen Patrice lag, noch immer schweigend drängelten sich die Frauen und Männer durch die Tür. Die Afrikanerin lag allein in dem Zimmer. Tina ging an ihr Bett. Es war eine junge Frau mit großen Augen, sie machte einen erschöpften Eindruck, trotz ihrer dunklen Hautfarbe sah sie blaß aus. Tina legte ihr das Baby auf die Brust und trat zurück. Die Frau lächelte, versuchte sich aufzurichten, es fiel ihr sichtlich schwer. Tina legte ihr ein zweites Kopfkissen in den Rücken.

Einer der Männer setzte sich behutsam auf den Bettrand, nahm die Hand der Frau und küßte sie, er strich mit der Hand über ihre Wange. Dann wandte er sich dem Kind zu, berührte es mit seinem Zeigefinger an der kleinen Hand und strahlte über das ganze Gesicht.

Tina, die sich zum Fenster zurückgezogen hatte, ging zum Bett, nahm das Baby hoch und legte es dem Mann in den Arm. Stolz zeigte er es den anderen. Die Frauen drängten sich nach vorn, drückten der Frau die Hand, küßten sie zärtlich, dann, etwas unbeholfen, traten die Männer ans Bett. Es wurde laut, alle fingen an durcheinanderzureden. Das Baby wanderte von einem Arm in den anderen.

Einer der Männer begann, leise eine Melodie zu summen, die anderen, auch die Frauen, fielen ein.

Tina spürte auf einmal ein komisches Gefühl, ihr war, als hätte sie einen Kloß im Hals.

Ich werde doch nicht etwa zu heulen anfangen, dachte sie.

Das müßte Oberschwester Berta miterleben, war ihr nächster Gedanke.

Dann begann das Baby zu schreien. Eine der Frauen, die gerade das Kind im Arm hielt, gab es Tina. Sie ging aus dem Zimmer. Alle folgten ihr. Nur der Mann blieb zurück.

Wieder auf der Station, legte sie Patrice in sein Körbchen, und gleich war auch Oberschwester Berta zur Stelle!

„Na, ist alles gut gegangen?"

„Was sollte denn schiefgehen?" fragte Tina schnippisch zurück.

„Immerhin, es war gegen unsere Stationsordnung."

Eigentlich hatte Tina ihr erzählen wollen, was sich im Zimmer abgespielt hatte, sie tat es nicht.

Kurz vor zwei, Tina war schon umgezogen, kam Anita in den Umkleideraum.

„Da ist Besuch für dich, Tina."

„Für mich? Wer?"

„Wirste gleich sehen", sagte Anita geheimnisvoll.

Draußen im Korridor warteten drei Männer: der Vater des kleinen Patrice und noch zwei Afrikaner.

Der glückliche Vater überreichte Tina einen Blumenstrauß und sagte: „Merci, Madame, merci, Madame."

Von jedem der beiden anderen Männer bekam sie ein kleines Päckchen. Tina stand ziemlich hilflos da.

Die Männer nahmen sie in die Mitte und gingen mit ihr zur Treppe, über den Hof, am Pförtner vorbei zu einem Mercedes. Da begriff sie, daß sie sie nach Hause fahren wollten.

Sie überlegte einen Augenblick, wie sie ihnen beibringen sollte, daß sie hier im Schwesternheim wohnte. Dann stieg sie aber doch ein und ließ sich zu ihren Eltern fahren.

Als sie um die letzte Ecke bogen, sah sie ihren Vater, der vor der Haustür seinen Trabi polierte.

Tina sagte, daß sie am Ziel sei.

Der Wagen stoppte kurz hinter dem Auto ihres Vaters.

Die drei Männer stiegen aus, einer öffnete die Wagentür, alle drei küßten ihr nacheinander die Hand, reichten ihr die Blumen und die Päckchen und fuhren wieder ab.

Tina sah an der Fassade des Hauses hoch. Schade, dachte sie, hätten ruhig ein paar Leute aus dem Fenster gucken können, schließlich habe ich nicht jeden Tag solch einen Auftritt.

Tinas Vater, der staunend die große Szene miterlebt hatte, ging auf Tina zu, küßte ihr übertrieben galant die Hand und fragte hoheitsvoll: „Lady, was war denn das, was meine alten Augen da eben gesehen haben?"

„Komm mit nach oben, dann erzähle ich es dir", sagte Tina.

Als sie in die Wohnung kamen, stand Tinas Mutter in der Küche und spülte Geschirr.

Tina gab ihr die Blumen und küßte sie. „Hier, die sind für dich", sagte sie, legte die beiden Päckchen auf den Tisch, nahm sich ein Handtuch und fing an abzutrocknen.

„He, so geht das nicht", protestierte ihr Vater, „reitest hier mit drei geheimnisvollen Herren aus dem fernen Afrika an, läßt dir die Hand küssen und tust jetzt so, als sei nichts gewesen. Elfi, das hättest du sehen sollen, deine Tochter. ‚Merci, Madame', hat der eine gesagt."

Tinas Mutter verstand kein Wort.

„Neugierig bist du überhaupt nicht, Vati."

Dann saßen sie in der Stube, und Tina erzählte, was sich zugetragen hatte. Dabei wickelte sie die beiden Päckchen aus. In dem einen war eine Flasche französisches Parfüm, in dem anderen ein himmelblauer Seidenschal, auf den goldene Sterne gestickt waren.

„Mein Gott, ist der schön", sagte Tinas Mutter.

„Was haltet ihr davon, wenn wir zu Ehren des kleinen Patrice irgendwohin fahren, ich lade euch zum Kaffee ein“, schlug Tinas Vater vor. Die beiden Frauen waren dafür.

Sie fuhren zum Müggelsee, ließen den Wagen stehen und spazierten durch den Wald.

„Tina, ich wollte es dir schon am Abend sagen, als wir Abschied von Frank feierten – wenn du willst, kannst du wieder zu uns zurückkommen, dein Zimmer steht noch immer so da, wie du es verlassen hast“, sagte Tinas Mutter.

Das Angebot kam für Tina etwas überraschend, sie wußte nicht, was sie sagen sollte. Einfach nein sagen, damit hätte sie ihre Mutter beleidigt, aber deshalb einfach ja sagen, das wollte sie auch nicht.

„Ich hätte nichts dagegen, wenn Tina öfter bei uns wäre, aber an ihrer Stelle würde ich das Zimmer im Schwesternheim nicht aufgeben“, sagte der Vater, und damit war Tina die Antwort abgenommen. Sie sah ihn dankbar an.

„Ich weiß schon, du denkst, daß wir uns bald wieder in den Haaren liegen werden“, sagte die Mutter.

„Das auch, Elfi.“

Dann saßen sie in der Gaststätte am Ufer des Sees beim Kaffee, und Tina erzählte von ihrem geplatzten Plan, am Sonntag nach Stückow zu Frank zu fahren.

„Daß Frank nun zweihundert Kilometer weiter weg ist, das wird uns nicht davon abhalten, zu seiner Vereidigung zu fahren, dabei bleibt es“, sagte Tinas Vater.

Es war ein schöner Nachmittag, dem ein gemütlicher Abend folgte. Tina blieb über Nacht bei ihren Eltern.

Als Tina am anderen Morgen kurz nach fünf lautlos aus der Wohnung verschwinden wollte, um zum Dienst zu fahren, kam ihr Vater in den Korridor, im Schlafanzug und in Latschen.

„Warte einen Augenblick, Tina, ich fahre dich“, sagte er.

„Nicht nötig“, wehrte Tina ab, „ich nehme die Bahn, mußt dich doch deshalb nicht erst anziehen.“

„Was heißt anziehen?“ Er nahm seinen Autoschlüssel und seine Papiere und marschierte so, wie er war, aus der Wohnung.

„Mann, du bist vielleicht verrückt.“ Tina lachte.

Er fuhr sie zum Krankenhaus. Die Insassen der Autos, die

sie überholten, fuhren langsamer und trauten wohl ihren Augen nicht. Ein Mann im Schlafanzug.

„Auf der Rückfahrt müßtest du eine Panne haben. Dann kannst du im Schlafanzug mit der Straßenbahn fahren", sagte Tina.

„Undankbares Biest", sagte er lachend und fuhr zurück.

6

Heute ist mir ein komischer Gedanke gekommen, er hat mich den ganzen Tag nicht losgelassen. Er kommt mir vor wie eine große Entdeckung: Es gibt Minuten oder auch Stunden im Leben, da geschieht etwas, was die Weichen stellt für Jahre oder sogar für ein ganzes Leben. Hätte mein Vater zum Beispiel an einem bestimmten Tag nicht eine Wette gegen seinen Freund verloren und mußte deshalb zu irgendeinem Dorftanz mitgehen, wäre er nicht dem Mädchen begegnet, das dann meine Mutter wurde. Das betrifft auch mein Leben. Hätte dieser Zufall nicht stattgefunden, wäre er nicht mein Vater geworden, sie nicht meine Mutter, ich nicht ich. Verrückt, dieser Gedanke. Oder eine andere Sache: Als ich das zweite Jahr zur Schule ging, kamen eines Tages ein Mann und eine Frau in unsere Klasse. Jeder mußte ihnen was vorsingen. Als sie damit fertig waren, nahmen sie drei Mädchen mit in den Musikraum, wo ein Flügel stand. Eins der drei Mädchen war ich. Sie klimperten uns allerhand Töne vor, die wir einzeln nachsingen mußten. Zum Schluß blieb nur ich übrig. Sie spielten mir Tonfolgen vor und weiß der Teufel was und forderten mich immer wieder auf, das nachzusingen. Ich begriff nicht im geringsten, was das alles bedeuten sollte. Zwischendurch sagten sie: „Erstaunlich! So was findet man nicht alle Tage. Das ist bestes Material. Das Kind hat das absolute Gehör." Ich begriff, sie suchten was Besonderes, ich hatte das, was sie suchten.

Am Ende fragten sie mich, ob denn meine Eltern abends zu Hause seien.

Abends saßen sie dann mit meinen Eltern im Wohnzimmer und redeten sehr lange mit ihnen. Was dabei herauskam, war etwas, was mein Leben veränderte. Wäre ich an dem Tag nicht in der Schule gewesen, mein Leben hätte einen anderen Verlauf genommen. Welchen? Das ist eine Frage, die keiner beantworten kann. Aber soviel ist sicher, es wäre alles ganz anders geworden, bloß wie, das weiß man eben nicht …

Komische Dinge gehen mir manchmal durch den Kopf, die ich keinem anderen sagen würde. Wenn ich so zum Beispiel mit Ulrike oder Ramona reden würde, weiß ich, was ich zu hören bekäme: Tina, du hast immer so verrückte Ideen.

Ich wünsche mir, daß es mit mir und Frank mal so wird, daß ich auch über meine verrückten Ideen mit ihm reden kann. Ich glaube, daß man so selten mit anderen über seine Gedanken redet, liegt daran, daß es so selten die richtige Situation dafür gibt. Zu Hause, daran erinnere ich mich gern, haben wir immer beim Abendbrot lange Gespräche geführt. Aber wir redeten über Ereignisse, die am Tage passiert waren. Oder jetzt auf Station, da wird geredet über unsere Arbeit, oder es wird geklatscht, welche Schwester oder Hebamme was mit welchem Arzt hat oder gern hätte. Oder sie erzählen sich ihren Ehekram in der Pause und ziehen über ihre Männer her. Das ödet mich an. Sicher ist das alles normal, vielleicht sogar wichtig, aber über die Sachen, die mir manchmal durch den Kopf gehen, darüber kann man nicht reden. Das ärgert mich.

Besonders unmöglich ist es bei der Disko. Nichts gegen Disko, da gehe ich gern hin. Aber trifft man mal einen, mit dem man sich unterhalten möchte, das kann man vergessen, dazu brauchte man ein ruhiges Eckchen. Nach meiner Erfahrung kommen die wenigsten Jungen zur Disko, um sich zu unterhalten, mit Worten, meine ich. Die wollen einem immer gleich an die Wäsche, jedenfalls die meisten.

Übrigens, bloß sechs Blätter muß ich noch vom Kalender reißen, dann fahren wir zu Franks Vereidigung.

Vorgestern hat mich Paps gefragt, ob ich schon Franks Eltern gesagt habe, daß wir zur Vereidigung fahren.

Vielleicht besuche ich sie morgen mal, vielleicht …

7

Obwohl es schon Ende November war, schien an diesem Sonntagmorgen die Sonne. Wären noch genug grüne Blätter an den Bäumen, hätte man diesen Tag für einen mitten im Sommer halten können.

Der Trabi brummte D. entgegen.

Tina war bei Franks Eltern gewesen, sie waren freundlich zu ihr, boten ihr Kaffee an, fragten, wie es Frank gehe, ihnen hätte er bisher nur einen knappen Brief und zwei Postkarten geschrieben. Tina wagte ihnen nicht zu sagen, daß sie jeden zweiten Tag einen Brief von Frank bekam. Sie sagte ihnen, daß sie zur Vereidigung fahren würde und wenn sie wollten, könnten sie mitkommen. Sehr höflich lehnten sie ab, es sei doch wohl besser, wenn Tina und Frank allein wären, viel Zeit würde ihnen ohnehin nicht bleiben. Sie sollte schöne Grüße bestellen und sagen, sie würden ihn besuchen kommen, wenn er wieder in Stückow sei.

Nun saß Tina neben ihrem Vater im Auto, die Landkarte auf den Knien. Ihre Mutter hatte auch mitkommen wollen, aber sie war überraschend zur Leiterin einer Inventurgruppe bestimmt worden. Nun zählte sie das ganze Wochenende über Strampler, Windeln und Babywäsche aller Art. Im Kofferraum lagen Tinas selbstgebackener Kuchen und ein ziemlich schweres Paket, das Franks Mutter ihr am Vorabend der Reise ins Wohnheim gebracht hatte.

Sie kamen später in D. an, als ihr Vater geplant hatte. Suchen mußten sie nicht lange. Kaum lagen die ersten Häuser des Ortes hinter ihnen, da kamen ihnen Soldaten entgegenmarschiert. Tinas Vater fuhr an den Straßenrand, stoppte den Wagen. Tina sah durch die Windschutzscheibe, versuchte ein ganz bestimmtes Gesicht zu entdecken. In ihren Uniformen, die Stahlhelme tief im Gesicht, sahen sie alle gleich aus.

„Am besten wird sein, wir lassen den Wagen hier stehen und folgen den Jungs", sagte der Vater.

Das taten sie. Auf einem Platz, der von Neubaublocks umgeben war, hatten mehrere Abteilungen in Reih und Glied Aufstellung genommen. Auf einem mit rotem Fahnentuch verkleideten LKW-Anhänger war ein Mikrofon aufgebaut. Offiziere standen auf der Ladefläche, dazwischen ein paar Zivilisten. Das Viereck war dicht umringt von Schaulustigen und Angehörigen der Soldaten. Die besten Plätze waren vergeben. Tina drängelte sich nach vorn durch, wenn es nicht weiterging, schob sie ihr Vater. Endlich hatte sie sich bis zum Absperrseil durchgekämpft.

Sie drehte sich ihrem Vater zu. „Frank ist nicht dabei, vielleicht sind wir hier falsch, vielleicht findet seine Vereidigung woanders statt ..."

Eine scharfe Kommandostimme hallte über den Platz. Ein Ruck ging durch die Reihen der Soldaten. Ein Offizier hielt eine Rede. Tina suchte krampfhaft Franks Gesicht.

Ihr Vater berührte sie an der Schulter.

„Ich hab ihn", flüsterte er ihr ins Ohr.

„Wo?"

„In der rechten Abteilung, zweite Reihe, der fünfte von rechts."

Jetzt sah sie ihn. Er schien schmaler geworden zu sein, und blasser als sonst sah er aus. Am liebsten wäre sie zu ihm hingerannt. Sie winkte. Erst mit der Hand, dann mit ihrem Schal, Frank schien sie nicht zu sehen.

„Selbst wenn er dich sehen würde, denkst du, er könnte jetzt seinen Stahlhelm abnehmen und damit zurückwinken?"

Tina sah unverwandt in Franks Gesicht. Manchmal schien es ihr, als hätte er sie gesehen und würde ihr zuzwinkern. Aber die Entfernung war viel zu groß, außerdem konnte sie nur einen Teil seines Gesichts sehen, die rechte Hälfte, die andere war durch seinen Vordermann verdeckt.

Der Vereidigungsakt war vorbei. Wieder gellten Kommandos über den Platz. Die Kolonnen setzten sich in Bewegung, marschierten in Richtung Kaserne. Nun hielt es Tina nicht länger aus. Sie rannte der Abteilung nach, in der Frank marschierte. Schnell holte sie sie ein, blieb auf der Höhe neben Frank und lief laut seinen Namen. Frank wandte ihr sein Gesicht zu, lachte und kniff dabei ein Auge zu.

Ihr fiel gar nicht auf, daß ihr Vater nicht mehr zu sehen war, sie merkte nicht, daß sie im Gleichschritt mit den Soldaten marschierte.

Der Kasernenkomplex kam in Sicht. Sie hoffte, die Kolonne würde vor dem Tor haltmachen und die Soldaten dürften mit ihren Angehörigen reden. Der Schlagbaum am Kasernentor ging hoch, die erste Kolonne marschierte durch, die zweite, auch Franks. Der Schlagbaum ging wieder herunter, die Kolonnen verschwanden um eine Ecke.

Sie nahm ihr Taschentuch, tupfte sich vorsichtig die Tränen ab, um nicht Wimperntusche und Lidschatten zu verwischen. Dann ging sie resolut auf den Posten am Tor zu.

„Na, meine Schöne, bist du meinetwegen gekommen?“

„Nicht direkt“, sagte Tina, „mein Verlobter ist hier gerade durchs Tor marschiert. Krieg ich den nun heute noch mal zu sehen?“

„Kriegst du, Mädchen, die Jungs gehen erst mal speisen. In ’ner halben Stunde kannst du ihn rufen lassen, dann kommt er ins Besucherzimmer.“

Tina gab dem Posten einen Kuß auf die Wange.

„Mädchen, das ist gegen die Dienstvorschrift, aber von mir aus kannst du das noch mal machen“, sagte er, und die Umstehenden lachten.

Nun fiel Tina auch wieder ein, daß sie Ausschau nach ihrem Vater halten mußte.

Gleich neben der Kaserneneinfahrt war ein Parkplatz. Da sah sie ihn neben dem Auto stehen.

Noch bevor die halbe Stunde um war, stand Tina am Postenhaus, aber sie war nicht die erste. Mädchen für Mädchen trat vor das kleine Fensterchen. Der Gefreite fragte nach Namen und Kompanie des Soldaten, griff zum Telefon. Endlich war auch Tina an der Reihe. Es dauerte noch eine halbe Stunde, bis sie Frank kommen sah. Als er vor ihr stand, rückte er seine Mütze gerade, zupfte an seiner Uniformjacke herum, nahm Haltung an.

„Soldat Teichert meldet sich zur Stelle.“

Tina fiel ihm um den Hals.

„Nun laß ihn mal für einen Moment los, ich will ihm auch die Hand schütteln“, sagte Tinas Vater.

Inzwischen hatte sich der Himmel bezogen, ein feuchtkalter Wind wehte, es fiel ein dünner Nieselregen.

Sie gingen in den Besucherraum.

Einen leeren Stuhl fanden sie, den letzten. Um sie herum

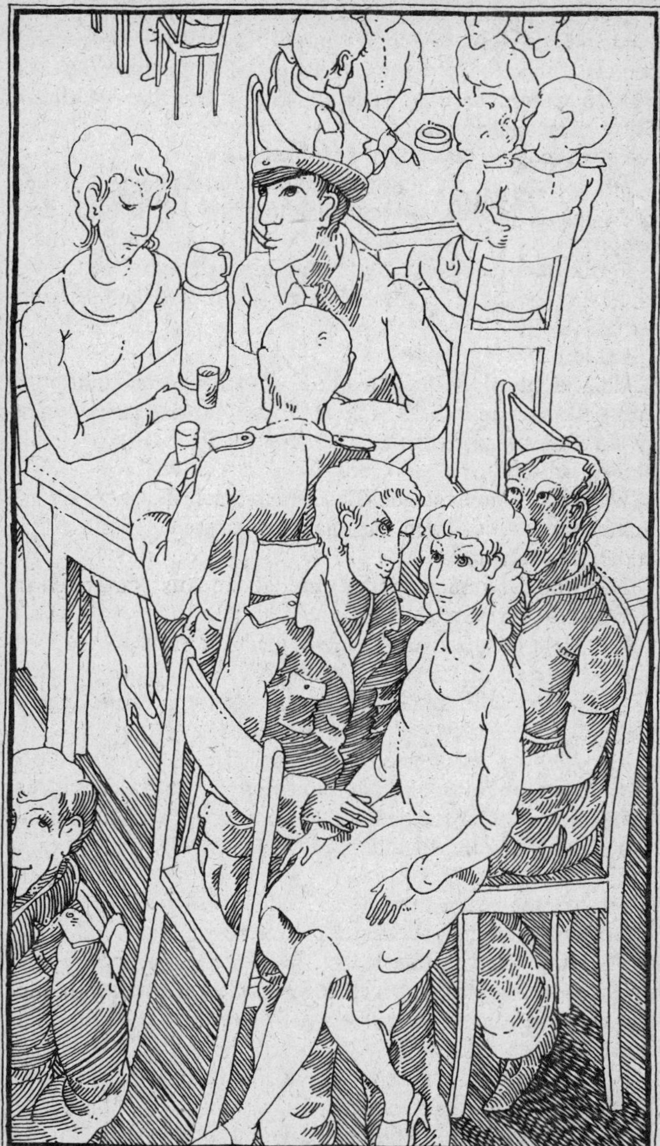

überall das gleiche Bild: Ein Soldat saß auf dem Stuhl, sein Mädchen auf seinem Schoß, andere Angehörige standen daneben, Kuchenpakete wurden ausgepackt, Thermosflaschen wurden aufgeschraubt. Die Soldaten und ihre Mädchen störte diese Enge nicht.

Frank schob Tinas Vater den Stuhl hin.

„Soweit kommt es, nehmt euch an den anderen ein Beispiel, ich gehe zum Wagen und hole die Sachen aus dem Kofferraum."

Frank nahm Tina auf den Schoß, es war unbequem, aber nicht unangenehm. Frank hielt ihre Hand, leise unterhielten sie sich.

„Fehle ich dir?" fragte sie.

„Überhaupt nicht", sagte er. Er drückte ihre Hand und küßte sie, verstohlen sah sich Tina um. Zärtlichkeiten vor so vielen Zuschauern, das mochte sie nicht. Hier war es ihr nicht peinlich.

„Warst du schon mal weg?" wollte Frank wissen.

„Was meinst du?"

„Na, ob du tanzen warst oder so."

„Sechsmal die Woche", sagte sie.

Frank wechselte das Thema.

„Warst du inzwischen bei meinen Eltern?"

Sie bestellte die Grüße, erzählte die Geschichte von dem kleinen Patrice. Frank schwärmte von seinem Tatra-Superlaster.

Tinas Vater ließ den beiden Zeit. Erst nach einer Stunde kam er zurück mit dem Paket von Franks Mutter, Tinas Kuchen und einer Thermosflasche.

Tina wickelte den Kuchen aus. „Handgeschmiedet", sagte sie.

Sie machten sich über den Kuchen her, tranken abwechselnd aus dem Plastbecher heißen Kaffee. Tinas Vater zog eine kleine Thermosflasche aus der Tasche, von der Größe, daß gerade zwei Tassen Kaffee reinpaßten. Er schraubte sie auf und goß von dem Inhalt etwas in den Becher und reichte ihn Frank.

„Soldatenelixier", sagte er. Erst hielt Frank die gelbbraune Flüssigkeit für Tee, als er sie dann auf der Zunge spürte, war es Weinbrand, keiner von der schlechtesten Sorte.

Ein Feldwebel kam in den Besucherraum und forderte die Soldaten auf, sich von ihren Angehörigen zu verabschieden.

Tinas Vater hielt Frank die Hand hin. „Junge, halt die Ohren steif. Ich gehe schon vor zum Auto."

Tina brachte Frank zum Schlagbaum. Der Abschiedskuß war so heftig, daß Frank die Mütze vom Kopf rutschte.

Erst als Frank außer Sichtweite war, bemerkte Tina, daß es regnete. Ihr Vater hatte schon den Motor angelassen. Als sie neben ihm saß, schlang sie ihre Arme um seinen Hals.

„Wenn du mich jetzt erwürgst, dann mußt du sehen, wie du nach Hause kommst", sagte er und legte den ersten Gang ein.

Sie fuhren durch einen Wald.

„Halt an", sagte Tina.

Er hielt an, Tina stieg aus dem Wagen rannte in den Wald, stellte sich in Positur und schrie aus Leibeskräften. Dann stieg sie wieder ins Auto.

Ihr Vater sah sie entsetzt an.

„Was war denn das?" fragte er.

„Schon mal was vom Liza-Minelli-Effekt gehört?"

Er schüttelte den Kopf.

„Fahr los, ich erklär es dir."

8

Kein Mensch, am wenigsten ich selber, wäre je auf die Idee gekommen, daß ich mal Krankenschwester werden würde. Wenn ich einem, der mich nicht kennt, von klein an, meine ich, erzähle, ich hätte Sängerin werden können, der muß denken, ich spinne ... Das war so: Als ich sieben Jahre alt war, entdeckten sie mich für den Chor. Ich kam in eine andere Schule, zweimal in der Woche hatte ich Chorproben, bald kamen Auftritte dazu und Rundfunkproduktionen. Da war nicht mehr viel mit Spielen, das aber machte mir nichts aus. Im Gegenteil. Es machte mir Spaß. Als ich dann sogar für Soli eingesetzt wurde, fühlte ich mich wie ein Star. Hätte mein Vater mir nicht ab und zu einen Dämpfer verpaßt, ich glaube, ich wäre größenwahnsinnig geworden.

Im Rundfunk produzierten sie mit mir eine Soloaufnahme. Ein berühmter Pianist begleitete mich. Ich sang das vietnamesische „Lied vom Fröschlein". Als es gesendet wurde, hielt ich mich für die Callas. Ein paar Tage später kam der Direktor einer großen Bibliothek, der im Nebenhaus wohnte, zu uns nach Hause. Er wollte, daß ich im Studio seiner Musikabteilung ein paar Lieder singen sollte.

„Ich bin sicher, du wirst mal eine große Sängerin", sagte er, „und deshalb würde ich gern jetzt von dir ein paar Lieder aufnehmen, damit ich später mal sagen kann, ich hab die allerersten Aufnahmen von dir."

Ulrike, die dabei war, als er das sagte, kicherte.

Das fand ich gemein. Dafür rächte ich mich noch am selben Abend an ihr. Als wir im Bett lagen, sagte ich zu ihr: „Dein Leben ist ganz schön langweilig, bloß immer Schule und so. Ich singe im Radio, reise mit dem Chor durch die Gegend, und im nächsten Jahr fahren wir sogar nach England."

„Na und ...", sagte Ulrike, aber ich merkte, daß sie sich ärgerte. Das reichte mir noch nicht.

„Und außerdem habe ich schon mehr Brust als du, obwohl du fast vier Jahre älter bist als ich." Das saß, Ulrike kroch unter ihre Bettdecke und heulte.

Das war gemein von mir.

Mein Vater sagte oft: „Ich weiß nicht, ob das alles gut für Tina ist."

Jedenfalls stand ich im Studio, ein Pianist war da, wir probten eine Weile, dann besang ich ein Tonband. *Sah ein Knab' ein Röslein stehn,* das Fröschleinlied und noch ein paar andere. Das Band gibt es heute noch, aber die berühmte Sängerin Tina, die gibt es nicht.

Das hört sich alles blöd und überspannt an, wenn ich es jetzt so sage, aber das juckt mich nicht. Ich erinnere mich gern an unsere Konzertreisen, die wir mit dem Chor machten. In Dresden sangen wir mit dem Kreuzchor zusammen, in Erfurt waren wir, dann kamen die Auslandsreisen nach Ungarn, in die ČSSR, nach Brüssel und London.

Das Größte war, als wir bei den Weltfestspielen in Berlin auf dem Bebelplatz bei der Aufführung der Neunten Sinfonie von Beethoven mitsangen. Das war eine gewaltige Sache, davon träume ich jetzt noch manchmal. Ein richtiges großes Sinfonieorchester, Sänger von der Staatsoper, ein weltberühmter Dirigent, und wir standen auf der Bühne ganz vorn, ich in der ersten Reihe, vor uns der große, weite Platz voller Menschen, die uns zuhörten. Vorher, bei den Proben, hatte mich der Dirigent gefragt, was ich mal werden wolle.

„Sängerin", sagte ich.

„So", sagte er, „dann komm mal her."

Er stellte mich neben den Flügel, spielte mir was vor, ich sollte es nachsingen. Ich sang. Er sagte dann: „Eine Stimme hast du, was für eine Sängerin willst du denn mal werden?"

Darüber hatte ich natürlich schon nachgedacht. Ich wollte eine große Popsängerin werden. Aber das traute ich mich nicht zu sagen.

„Das weiß ich noch nicht", sagte ich.

„Mit deiner Stimme mußt du dich der ernsten Musik zuwenden, Mädchen, für Tingeltangelpop ist sie zu schade."

Das ging mir runter wie Öl. Ich sah mich schon auf den Bühnen der Mailänder Scala und der Metropolitan Opera in New York, an der Staatsoper sowieso …

Schluß jetzt, alte Quatschtante, scher dich runter zur Station, sonst schreien sich deine Babys die Kehlen nach dir wund …

9

Inzwischen war der erste Schnee gefallen. Die Parklandschaft vor Tinas Fenster wirkte wie ein Märchenwald. Sie hatte sich einen neuen Lebensrhythmus zugelegt. Wenn sie zwei oder drei Tage zusammenhängend frei hatte, fuhr sie zu ihren Eltern, sonst blieb sie im Schwesternwohnheim. Es lief alles in einem Gleichmaß, das Tina auf die Nerven fiel. Ab und zu fuhr sie zu Ramona, aber da ging auch nichts los. „Du lebst wie eine Nonne, Tina, du mußt raus. Komm doch mit zum Tanzen, oder wir setzen uns einfach abends in ein Café. Du mußt an die Luft, immer bloß deinen Krankenhausmief, da mußt du ja mit der Zeit stumpfsinnig werden", hatte Ramona beim letzten Besuch gesagt. Eigentlich hat sie recht, dachte Tina, aber Frank würde es vielleicht gar nicht so gut finden, wenn sie sich ins Disko- und Caféhausleben stürzte. Endlich kam ein Brief von Frank, in dem er schrieb, daß er wieder nach Stückow versetzt würde. Diese Nachricht munterte Tina auf. Gleich am folgenden Sonntag wollte sie zu Frank fahren, da konnte kommen, was wollte. Und beinahe hätte es nicht geklappt. Tina sollte für einen Monat an die Kinderchirurgie ausgeliehen werden, weil dort zwei Schwestern fehlten. Einerseits fand sie es nicht schlecht, mal auf einer anderen Station zu arbeiten, dazu noch bei größeren Kindern, das konnte schon Spaß machen – andererseits fürchtete sie, daß vielleicht ihre Fahrt zu Frank ausfallen könnte.

Sie stellte die Bedingung, wenigstens an einem der beiden Wochenendtage freizuhaben, und bestand darauf, den nächsten Sonntag keinen Dienst machen zu müssen. Das wurde ihr zugesichert. Schon ab Donnerstag bekam sie frei, brauchte erst am Montag zum Frühdienst auf der Kinderstation zu erscheinen. Sie fuhr nach Hause zu ihren Eltern. Sie wirtschaftete mit ihrer Mutter in der Küche herum, Kuchen wurde gebacken, einer ganz allein für Frank, ein Königskuchen mit Rosinen. Die beiden Frauen tranken Kaffee und legten eine Jürgen-Walter-Platte auf. Tina fühlte sich wohl wie lange nicht. Als ihr Vater von der Arbeit nach Hause kam, legte er drei Karten auf den Tisch. „Heute gehen wir ins Kino, der stärkste Western, den es je gab, ‚Spiel mir das Lied vom Tod'. Na, ist das was?" Tinas Mutter war nicht begeistert. „Diese Wildwestfilme sind nicht mein Fall."

„Widerspruch ist nicht erlaubt, außerdem, das ist wirklich ein guter Film, seit Wochen ausverkauft, reiner Glücksfall, daß ich die Karten bekommen habe."

Tina mochte Westernfilme. Am Ende waren Tina und ihr Vater enttäuscht, nur die Mutter lobte den Film. „Die Musik und die Landschaftsaufnahmen, das war wunderbar, das hat mir gefallen, wirklich, Kurt, eine gute Idee von dir, in diesen Film zu gehen", sagte sie.

„Mir ist die Musik auf die Nerven gegangen, wenn die noch dazu gesungen hätten, wär's ein Opernfilm gewesen", sagte der Vater. „Den Film müssen sie kastriert haben, Tote gab's zwar genug, aber die lagen bloß alle da, wie die zu Tode gekommen sind, die richtigen Ballereien, die haben sie rausgeschnitten."

„Das war wirklich nicht toll", stimmte Tina zu, „zum Schluß, als der Bronson wegreitet, fällt sein Kumpel vom Pferd, man sieht, daß er ein Loch im Bauch hat, aber keiner weiß, wo er es herhat."

„Vor euch kann man ja Angst kriegen, so blutrünstig seid ihr. Mir hat er jedenfalls gefallen", Tinas Mutter blieb bei ihrer Meinung.

Als Tina dann in ihrem Bett lag, konnte sie nicht einschlafen. Daran war nicht der Film schuld und auch nicht ihr Vater, der im Wohnzimmer den Rest eines Krimis im Fernsehen sah. Sie machte die kleine Leselampe an, die neben ihrer Liege stand, und starrte auf das Lichtgebilde, das der Lampenschirm gegen die Zimmerdecke projizierte. Jetzt müßte Ulrike hiersein, dachte sie. Sie stand auf und holte aus dem Schrank ihr Fotoalbum. Sie setzte sich auf den Rand der Liege, so daß der Lichtschein auf das Album fiel. Auf dem ersten Blatt stand in großen, mit Buntstiften ausgemalten Buchstaben „Konzertreise nach London", daneben hatte sie in Schönschrift die englische Nationalhymne geschrieben *God save our gracious Queen,* und in einem Rahmen stand der Satz: „Mit sieben Konzerten sangen wir, sechsundvierzig Abgesandte der Deutschen Demokratischen Republik, uns in die Herzen der Engländer, unter der Leitung unseres Dirigenten." Auf die nächste Seite hatte sie das Flugticket geklebt – Berlin, Amsterdam, London – und die rotweiße Bordkarte.

Tina schwelgte in Erinnerungen.

„Lonbon by night" lautete die Überschrift auf der nächsten Seite, darunter drei farbige Postkarten. Es kamen Fotos, die sie damals selbst aufgenommen hatte: die Wachen mit den Bärenfellmützen vor dem Buckinghampalast, das Karl-Marx-Haus, der Tower, die Towerbridge ...

Sie erinnerte sich an die Bootsfahrt auf der Themse, an das trübe jauchige Wasser, in dem tote Ratten schwammen, ihr fielen die turbulenten Nächte in dem Studentenwohnheim ein, in dem sie untergebracht waren. Ihr fiel auch wieder ein, daß sie beinahe hätte nicht mit nach London fahren können, weil sie genau eine Woche vor dem Start einen Furunkel auf der Nase bekommen hatte, an dem sie drei Tage vor dem Flug geschnitten werden mußte. Sie stieß auf die Eintragung: *19.30 Uhr – Beginn des ersten Konzerts. Alle waren wir aufgeregt. Der Bürgermeister mit seiner Gattin saß in der ersten Reihe. Mit dem Konzert war unser Dirigent zufrieden und das Publikum auch. Zu Hause in Berlin haben sie uns im Radio hören können.*

Tina besah sich die eingeklebten Eintrittskarten von Museen, den Kassenzettel über drei Pfund. Sie hatte sich ein Paar moderne Schuhe gekauft, die sie nie anzog, weil sie drückten.

Sie klappte das Album zu, schaltete das Licht aus. Schlafen konnte sie nicht. Sie wälzte sich hin und her. Endlich kam der Schlaf, ein oberflächlicher, in dem sich allerhand Bilder vermischten ...

Sie steht vor dem bärenfellbemützten Posten vor dem Buckinghampalast, sieht in sein Gesicht, es ist Franks Gesicht, er kneift ein Auge zu, fragt, ohne dabei die Lippen zu bewegen: „Was leistet das Herz eines gesunden Erwachsenen in Ruhelage im Jahr?“

Sie geht dicht an ihn heran und flüstert in sein Ohr: „Bei siebzig Schlägen in der Minute schlägt es im Jahr rund 36,7 Millionen Mal, dabei pumpt es rund achthunderttausend Liter Blut durch den Körper.“

„Sie können sich setzen“, sagt Frank unter der Bärenfellmütze.

Sie blickt sich um. „Wohin denn?“ fragt sie.

„Das sage ich dir am Sonntag.“

Sie sieht sich im Towermuseum vor der Vitrine mit der Königskrone, ein Mann in historischer Kleidung tritt auf sie zu, verneigt sich ehrfurchtsvoll und sagt: „Lady, die Königin bittet Sie heute nachmittag zum Tee zu sich, sie möchte Ihnen danken für Ihren außergewöhnlichen Auftritt gestern abend im Königlichen Opernhaus.“

Tina will ihm sagen, daß sie nicht kommen kann, weil ihre Schuhe drücken, aber sie bringt kein Wort heraus. Der Mann grinst. Sie erkennt das Gesicht ihres Vaters. „Du kannst ruhig barfuß hingehen, mit *der* Stimme“, sagte er. Das Bild verschwindet im Nebel, wird immer unschärfer, es kommen keine Bilder mehr. Sie schläft tief und fest und lange.

Am Sonnabendnachmittag besuchte Ramona sie.

„Heute ist im WF-Klub Disko, kommst du mit? Ich kenne einen vom Einlaßdienst, der läßt uns ohne Karten rein. Mußt ja nicht tanzen, nur so 'n bißchen gucken ..."

„Keine Lust", sagte Tina.

Da mischte sich ihr Vater ein: „Solltest ruhig mitgehen, oder denkst du, Frank hätte was dagegen?"

Tina blieb bei ihrer Ablehnung. „Mit Frank hat das nichts zu tun, ich habe keine Lust. Vielleicht komme ich nächste Woche mit", sagte sie.

Dabei hatte es doch was mit Frank zu tun. Tina dachte, bin ich so lange nicht allein weggegangen, dann muß ich es auch heute nicht tun.

Sie empfand das nicht als Verzicht, ihr war nur der Gedanke unangenehm, morgen Frank sagen zu müssen, weißt du, gestern war ich zur Disko. Verschweigen würde sie es ihm nicht wollen.

„Dir ist eben nicht zu helfen", sagte Ramona und ging.

Der Sonntag war ein frostklarer Tag mit blaßblauem Himmel, über den in weiten Abständen kleine Wolken segelten. Tina brach gleich nach dem Frühstück auf, sie war in bester Stimmung. An der Endstation der S-Bahn stieg sie um in den Vorortzug. Ihr fiel auf, daß sie nicht das einzige Mädchen war, das mit praller Tasche in den Zug kletterte. Die werden wohl das gleiche Ziel haben wie ich, vermutete sie.

Kurz bevor der Zug abfuhr, lief auf dem Nachbargleis noch eine S-Bahn aus Berlin ein. Ein Mädchen kam ins Abteil gehastet, ließ sich Tina gegenüber auf die Bank fallen und schob ihre Tasche unter den Sitz.

„Mann, das war knapp", sagte sie und strich ihr Haar aus der Stirn, „sonst fahre ich immer per Anhalter, aber bei der Kälte, da friert man an."

Der Zug zuckelte durch die winterliche Landschaft, im Abteil war es warm, Wälder und Felder zogen draußen vorbei, Tina sah aus dem Fenster.

„Wenn du auch nach Stückow fährst, dann sicher zum erstenmal, sonst hätte ich dich schon mal sehen müssen", sagte das Mädchen, erwartete aber keine Antwort, denn sie redete gleich weiter: „Vom Bahnhof Stückow kenne ich eine Abkürzung, da sind wir fünf Minuten vor den anderen am Kasernentor, da sparen wir uns glatt eine halbe Stunde Wartezeit."

Das Mädchen redete ununterbrochen. Als der Zug in den kleinen Bahnhof einfuhr, kannte Tina ihre komplette Lebensgeschichte: Sie hieß Odette, war gerade einundzwanzig geworden, hatte einen zweijährigen Jungen, war geschieden, arbeitete als Verkäuferin in einem Schuhsalon im Zentrum, ihr Freund war auch erst im Herbst eingezogen worden, seitdem war sie jedes Wochenende zu ihm gefahren. „Er ist neunzehn, was machen die zwei Jahre Altersunterschied. Ich liebe ihn irrsinnig, ich hab schon überlegt, ob ich mir nicht Arbeit in Stückow suche für die Zeit, wo er Soldat ist", sagte sie.

Aus dem Zug stiegen etwa dreißig Mädchen und junge Frauen.

Odette und Tina gingen nicht wie die anderen zur Straße, sondern kletterten über die Gleise und marschierten im Eilschritt quer durch den Wald. Sie waren die ersten, die vor dem kleinen Fenster am Wachhaus eintrafen. Sie sagten Namen und Kompanie ihrer Soldaten an, und als der Wachsoldat schon in der Kompanie angerufen hatte, kamen erst die anderen Mädchen in Sicht.

Odette steckte sich eine Zigarette an, sie hielt Tina die Schachtel hin. „Siehste, wenn sich unsere Jungs beeilen, sind sie in zehn Minuten hier, und im Kasino kriegen wir die besten Plätze. Hier, nimm dir eine."

„Ich rauche nicht", sagte Tina.

Plötzlich stand Frank vor Tina, sie hatte ihn gar nicht kommen sehen. Sie fiel ihm um den Hals und küßte ihn. Er nahm ihr die Tasche aus der Hand, und sie gingen ins Kasino. Die Tische, auf denen Tischdecken lagen, die Plaststühle, alles machte einen sauberen, gepflegten Eindruck, anders als das Besucherzimmer in D. am Tag der Vereidigung. Sie setzten sich an einen Tisch in der hintersten Ecke. Frank nahm Tinas Hand und drückte sie.

„Laß dich mal ansehen, Soldat", sagte Tina, „du siehst irgendwie anders aus."

„Wie denn?"

„Männlicher."

„Danke", sagte Frank.

„Willst du mir nicht sagen, wie ich aussehe?"

Er kam dicht an ihr Ohr. „Unheimlich schön", flüsterte er.

Er fing wieder an, von seinem Tatra zu reden.

„Du scheinst in deinen Tatra verliebter zu sein als in mich", schmollte Tina.

Odette stürmte, ihren Soldaten hinter sich herziehend, durch die Tür. Sie steuerten zielsicher auf Franks und Tinas Tisch zu.

„Ihr habt doch nichts dagegen, wenn wir uns zu euch setzen."

Tina hatte schon was dagegen, denn daß Odette wie ein Wasserfall reden würde, das war klar. Ihr Freund, mit dem Frank auf einer Stube lag, war ein ruhiger, schweigsamer Typ. Obwohl genug leere Stühle um den Tisch standen, setzte sich Odette auf den Schoß ihres Soldaten und küßte ihn, daß es Tina peinlich war, hinzusehen. Es dauerte kaum eine Viertelstunde, bis alle Tische besetzt waren.

Tina und Frank unterhielten sich leise. Sie erzählte ihm, daß sie für ein paar Wochen auf der Kinderstation arbeiten würde, fragte, wann er denn seinen ersten Urlaub bekäme.

„Über Silvester kriegen wir Urlaub", sagte Frank. „Vom achtundzwanzigsten Dezember bis zum ersten Januar."

Sie schwiegen. Neuigkeiten konnten sie sich nicht mitteilen, sie hatten sich alles geschrieben.

Ein bißchen beneidete Tina Odette, die immer noch ihren Soldaten küßte, seine Hand nahm und auf ihre Brust legte. Sie tat, als würde sie allein auf einer Insel sein. So vor allen Leuten, das wäre Tina peinlich, und auch Frank lag das nicht.

„Wollen wir, wenn du Silvester kommst, irgendwo feten gehen oder ...?"

„Oder wäre mir lieber", sagte Frank.

Tina küßte Frank, aber sie merkte, daß er dabei zu den anderen sah.

Odette sagte: „Ziert euch nicht so, ist doch alles menschlich."

Wieder ging die Tür auf, herein kamen Franks Eltern, einen Moment blieben sie stehen, sahen sich um, entdeckten die beiden. Frank stand auf, ging ihnen entgegen. Er holte sie an den Tisch.

„Wenn wir gewußt hätten, Tina, daß Sie heute auch herfahren, wir hätten Sie gern mitgenommen“, sagte Franks Vater, als er Tina die Hand gab. Nun ließ Odette von ihrem Soldaten ab, ungern, das sah man ihr an, und setzte sich auf einen Stuhl.

Tina packte ihren Kuchen aus, Frank ging Kaffee holen. Franks Mutter lobte Tinas Backkunst. „Ich hätte nicht gedacht, daß die Mädchen heute so was noch können“, sagte Franks Vater.

Dann kamen die üblichen Fragen: „Geben sie euch auch genug zu essen? Müßt ihr eure Wäsche selber waschen? Kannst du denn überhaupt in diesen Betten schlafen?“ und so weiter.

Frank beantwortete alle Fragen seiner Mutter so, daß sie beruhigt war.

„Eigentlich wollten wir nicht lange bleiben, wenn Sie möchten, Tina, können Sie mit uns zurück nach Berlin fahren“, sagte Franks Vater.

Frank drückte unter dem Tisch lang anhaltend Tinas Hand.

Sie deutete dieses Signal richtig. Aber bevor sie etwas sagen konnte, mischte sich Odette ein.

„Ich dachte, wir fahren zusammen mit dem Zug um fünf, so hatten wir es doch abgemacht, Tina“, log Odette.

„Es war ja nur ein Angebot“, sagte Franks Vater fast entschuldigend.

Franks Eltern verabschiedeten sich. Frank begleitete sie bis zum Tor.

„Wolltest du etwa jetzt schon mit deinen Schwiegereltern losreiten?“ fragte Odette.

„Wollte ich nicht“, sagte Tina.

Als Frank zurückkam, setzte sich Tina auf seinen Schoß, und sie tat, was auch die meisten der anderen Mädchen taten, sie küßte ihren Soldaten, als wären sie allein.

Die körperliche Nähe, Franks Hände, die sie spürte, ließen sie alles um sich vergessen.

„Du kannst dir nicht vorstellen, wie ich mich auf Silvester

freue“, flüsterte Frank in Tinas Ohr.

„Ich mich auch. Wir machen es uns schön, ganz schön“, sagte Tina. Sie merkte nicht, wie die Zeit verging.

„Mensch, es ist ja schon halb fünf durch, wenn wir nicht losrasen, kriegen wir unseren Zug nicht“, sagte Odette.

Odettes Freund und Frank mit einem Paket unterm Arm, das seine Mutter mitgebracht hatte, begleiteten die beiden Mädchen zum Tor. Für einen langen Abschied war keine Zeit. Tina versprach, am nächsten Sonntag wieder zu kommen.

Die Mädchen nahmen den Weg durch den Wald, drei Minuten bevor der Zug einfuhr, kamen sie am Bahnhof an.

Während der Rückfahrt schlief Odette, was Tina angenehm war, so konnte sie ungestört ihren Gedanken nachgehen.

Als sie dann in der S-Bahn saßen, fragte Odette: „Sag mal, welche Schuhgröße hast du eigentlich?“

„Sechsunddreißig.“

„Okay, Mädchen, von jetzt ab solltest du öfters bei mir im Laden vorbeikommen. Immer wenn was Schnuckliges an Schuhen kommt, stelle ich dir ein Paar zurück.“

Bevor sie sich trennten, verabredeten sie sich für den nächsten Sonntag.

10

Gestern traf ich Michaela in der Straßenbahn, wir waren zusammen im Chor. Sie studiert Musikpädagogik. Sie war immer schon eine eingebildete Ziege.

„Was, du bist Kinderkrankenschwester? Wolltest du nicht mal Sängerin werden?“ fragte sie.

Das hörte sich an, als sei Kinderkrankenschwester der letzte Husten.

„Du mußt mal was gegen deine Pickel machen, du siehst schaurig aus“, sagte ich zu ihr, „wenn du so vor der Klasse stehst, kriegen die Kinderchen ja Angst vor dir.“

Michaela wurde puterrot. Das war gemein von mir, zugegeben, aber ich mußte ihr ein Ding verpassen, ich konnte nicht anders. An der nächsten Haltestelle stieg sie aus.

Was wäre eigentlich geworden, wenn ich damals im Chor geblieben wäre? Ich hätte gleich nach der zehnten Klasse zur Musikhochschule gehen können, wenn mir nicht meine eigene Starrköpfigkeit einen Strich durch die Rechnung gemacht hätte.

Als das achte Schuljahr zu Ende ging, machte mir der Chorleiter den Vorschlag, zur erweiterten Oberschule überzuwechseln, und zwar an die, wo speziell musikalisch Begabte ausgebildet wurden.

Das neunte Schuljahr fing an, von einem Schulwechsel war keine Rede mehr. Einerseits war ich froh, denn ich fühlte mich in meiner alten Klasse wohl, da war ich wer, da hatte ich Freunde und Freundinnen, andererseits war so viel Wind um meinen außerplanmäßigen Übergang zur EOS gemacht worden, den meisten hatte ich selber gemacht, daß ich darauf bestand, daß er stattfand. Es wurde November, als ich endlich übersiedelte. In der neuen Klasse kannten sich inzwischen alle, ich war die Neue, sie ließen es mich merken. Meine Leistungen fielen ab. Nach drei Wochen war ich so weit, daß ich meinem Vater die Ohren vollheulte. Ich wollte wieder an meine alte Schule, in meine alte Klasse, da war ich wer gewesen, nun war ich nichts.

Das machte mich kaputt, damit wurde ich nicht fertig. Mein Vater redete mir zu: „Das ist eine kolossale Chance für dich, da dein Abi zu machen. Klar ist es jetzt schwer für dich, aber wenn du dich anstrengst, schaffst du es.“ Ich merkte, daß ihm viel daran lag, daß ich auf der EOS blieb. Ich habe mich nie so elend gefühlt wie damals. Nachts, wenn ich wach wurde und daran dachte, morgens wieder in diese Schule zu müssen, kriegte ich Magenkrämpfe. Ich saß in der Klasse, konnte mich nicht konzentrieren, begriff nichts. Ich kannte mich auf einmal selbst nicht mehr. Ich war unsicher und ängstlich. Ich beschloß, an meine alte Schule zurückzugehen. In den Weihnachtsferien sagte ich es meinem Vater.

„Und du hast dir das gut überlegt?“ fragte er.

„Habe ich“, sagte ich.

Er versuchte, mich bei meinem Ehrgeiz zu packen.

„Du gibst also auf. Was werden sie in deiner alten Klasse

sagen, wenn du kapitulierst und als geschlagener Ritter zurückkommst?“

„Das ist mir egal“, sagte ich.

„Na gut, wenn du entschlossen bist, dann geh zurück. Ich nehme mir morgen zwei Stunden frei und spreche mit der Schulleitung.“

Ich fiel ihm um den Hals.

Im Januar saß ich in meiner alten Klasse. Sie jubelten, daß ich zurückgekommen war. „Ich freue mich, daß wir dich wiederhaben“, sagte meine Klassenlehrerin zu mir. Ich hätte heulen können vor Freude. Als ich dann abends im Bett lag, kamen mir Zweifel, ob es richtig gewesen war, aufzugeben. Vielleicht hätte ich es doch geschafft, wenn ich geblieben wäre. Jedenfalls bekam ich keine Magenkrämpfe mehr, wenn ich an den nächsten Schultag dachte. Mein Zeugnis im Februar sah gut aus, bloß eine Drei, in Mathe.

Auch die Arbeit im Chor machte mir wieder Spaß, und meine Perspektive war eigentlich unverändert geblieben: Nach Abschluß der zehnten Klasse würde ich eine entsprechende Aufnahmeprüfung machen und dann zur Musikhochschule gehen, Gesang studieren. Mein Chorleiter wollte mich auf die Aufnahmeprüfung vorbereiten. Was konnte da schiefgehen?

Vor uns lag eine Traumreise. Der ganze Chor, bis auf wenige Ausnahmen, sollte gleich zu Beginn der großen Ferien in die Sowjetunion, auf die Krim, fahren. Es war als Auszeichnung für unsere gute Arbeit gedacht. Wir freuten uns auf diese Reise, spannen uns aus, wie schön sie werden würde. Gelegentlich drohte der Chorleiter diesem oder jenem, daß er nicht mitkommen dürfe, wenn er nicht ordentlich arbeitete oder nicht zu Proben erschien oder Auftritte schwänzte. Mich betraf das nicht. Im Mai mußte ich ins Krankenhaus, mir wurden die Mandeln rausgenommen. Es dauerte vier Wochen, weil sich Komplikationen einstellten. Erst Mitte Juni konnte ich wieder in die Schule und zu den Chorproben gehen.

Der Tag kam, an dem die Namen von denen vorgelesen wurden, die mit zur Krim fahren durften.

Meiner war nicht dabei!

Er hat dich vergessen, dachte ich, ein Versehen.

Ich meldete mich.

„Sie haben meinen Namen vergessen vorzulesen."

„Den hab ich nicht vergessen, Tina, ich erkläre es dir nachher."

„Ich möchte gleich wissen, weshalb ich nicht mitfahren darf", sagte ich.

„Na gut, ich nehme dich deshalb nicht mit, weil du in den letzten Wochen, wo wir sehr viel gearbeitet haben, nicht da warst", sagte der Chorleiter.

Das durfte nicht wahr sein.

„Ich war im Krankenhaus, ich habe nicht gebummelt, da können Sie mich doch nicht ..." Ich gebe zu, mein Ton war nicht von der Art, wie ein Chormädchen mit ihrem Meister sprechen sollte.

„Ich kann sehr wohl, außerdem sind die Würfel längst gefallen, die Visaanträge haben wir schon vor vierzehn Tagen abgegeben", sagte der Chorleiter und lächelte.

Wenn ich gegen etwas allergisch bin, dann ist das gegen Ungerechtigkeit, egal, ob es mich trifft oder andere. Und das war ungerecht. Es traf mich besonders, weil ich meinen Chorleiter verehrte, ich wäre für ihn durchs Feuer gegangen. Ich konnte es nicht fassen. Ich sprang auf und schrie: „Wenn das so ist, dann können Sie mich gleich ganz streichen" und rannte aus dem Probenraum.

Zu Hause heulte ich. Im stillen hoffte ich, daß es jeden Augenblick klingeln würde, der Chorleiter kommen und sagen würde: Entschuldige, ich war ungerecht zu dir, natürlich nehme ich dich mit, und von wegen aus dem Chor rausgehen, das kommt gar nicht in Frage, wir brauchen dich.

Er kam nicht. Mein Vater und meine Mutter wollten wissen, weshalb ich so verheult aussah. Ich sagte ihnen nichts. Ich dachte, sicher wird er morgen kommen und sagen: Mitnehmen kann ich dich wirklich nicht, das klappt mit dem Visum nicht mehr. Aber ich bitte dich, bleib im Chor, wir brauchen dich.

Mit dieser Hoffnung schlief ich ein. Er mußte kommen, so ungerecht konnte er nicht sein.

Er kam auch am nächsten Tag nicht.

Beim Abendbrot sagte ich: „Zum Chor gehe ich nicht mehr, gestern bin ich ausgetreten."

Meinen Eltern blieb das Brot im Hals stecken.
„Ist was vorgefallen?“ fragte mein Vater.
Ich erzählte, was passiert war.
„Wenn es so ist“, sagte mein Vater, „dann rede ich noch heute abend mit ihm.“
„Nein. Entweder er kommt, oder ich gehe nicht mehr hin.“
Das war nicht nur so hingesagt, das war mein voller Ernst. Am nächsten Tag war Probe, ich blieb zu Hause. Ich wartete darauf, daß der Chorleiter jemanden schicken würde, der nachsehen sollte, was mit mir los ist. Es kam keiner.
Ein paar Tage später traf ich ihn auf dem Schulhof. Er sprach mich an. „Wenn du dich bei mir vor versammelter Mannschaft für deinen Auftritt entschuldigst, dann will ich ihn vergessen“, sagte er.
„Ich habe mich für nichts zu entschuldigen. Sie müßten sich bei mir entschuldigen.“
Ich drehte mich um und rannte weg. So sang- und klanglos endete meine Sängerinnenkarriere.
Das hört sich so an, als wäre mir das nicht an die Nieren gegangen. Das ist ein Irrtum. Ich wollte ja wirklich Sängerin werden, aber ohne Chor, ohne die Hilfe bei der Vorbereitung auf die Aufnahmeprüfung an der Musikhochschule durch den Chorleiter gab es keine Chance.
„Überleg dir das gut, Tina, dir bricht doch kein Zacken aus der Krone, wenn du dich bei ihm entschuldigst“, redete mir mein Vater zu.
„Nein, ich entschuldige mich nicht. Daß er mich nicht zur Krim mitnimmt, weil ich im Krankenhaus war, das ist ungerecht. Wofür soll ich mich entschuldigen?“
„Du sollst ja nicht sagen, daß das gerecht ist, aber wie ich dich kenne, wirst du wieder nicht den richtigen Ton gefunden haben.“
Ich wußte, daß mein Vater recht hatte, aber das ist mein Fehler: Selbst wenn ich eingesehen habe, daß ich nicht im Recht bin, ich kann nicht mehr zurück.
Mein Vater verstand mich, aber es wäre ihm lieber gewesen, ich hätte die Sache wieder ins Lot gebracht. Er zwang mich nicht dazu. Das hat er nie gemacht, nicht mit mir und auch nicht mit Ulrike. Er sagte uns seine Meinung, die Ent-

scheidung überließ er uns.

Vor mir stand nun die Frage, was ich mache, wenn die Schulzeit um ist. Ich redete mir ein, daß es viel besser sei, einen ordentlichen Beruf zu erlernen, bevor man Sängerin wird. Ich gebe zu, dieses Argument war nicht auf meinem Mist gewachsen. In meiner Situation paßte es mir gut in den Kram. Jedenfalls erzählte ich allen, ich hätte mich aus freien Stücken entschlossen, erst mal einen richtigen Beruf zu erlernen und dann Sängerin zu werden. Das hörte sich nicht schlecht an, nur mein Vater spürte, daß ich mir ein Notgerüst zurechtgezimmert hatte.

„Und du machst dir wirklich nichts vor, Tina?" fragte er.

„Jedenfalls nicht viel", konnte ich da nur sagen.

Das neunte Schuljahr ging zu Ende, ich mußte mich für einen Beruf entscheiden. Aber für welchen? Was ich alles nicht wollte, das wußte ich. Büroarbeit kam nicht in Frage. Meine Freundin Ramona wollte Krankenschwester werden, jedenfalls sagte sie es immer. Dann bewarb sie sich aber bei der Interflug als Verkehrskaufmann. Säuglingsschwester, das könnte mir Spaß machen. Ich redete mit Mutter darüber.

„Ob das was für dich ist? Für diesen Beruf braucht man so etwas, was man Brutpflegetrieb nennt, den hast du bestimmt nicht", sagte sie.

Ich nahm in den Ferien meine Zeugnisabschrift und fuhr in ein Krankenhaus. In der Kaderabteilung sagte ich, daß ich Säuglingsschwester werden wollte. Die Kaderleiterin sah sich mein Zeugnis an, war nicht wenig beeindruckt von der Gesamteinschätzung und den Zensuren, schließlich gab es nur zwei Dreien, eine in Betragen und eine in Mathe.

„Den Beruf Säuglingsschwester gibt es nicht mehr, wir bilden Kinderkrankenschwestern aus. Sie können dann später auch auf Neugeborenenstationen eingesetzt werden", erklärte sie mir. Als sie fragte, weshalb ich gerade diesen Beruf erlernen wollte, kam ich in Verlegenheit, auf diese Frage war ich nicht vorbereitet. Ich sagte, ich hätte mich schon immer für kleine Kinder interessiert, was überhaupt nicht stimmte, ich könne mir nichts Schöneres vorstellen, als kranken kleinen Kindern zu helfen, obwohl ich mir durchaus was Schöneres vorstellen konnte, nämlich auf der Bühne zu stehen, zu singen, als gefeierte Sängerin durch die Welt zu reisen …

Alles war perfekt: Nach der zehnten Klasse würde ich ein Fachschulstudium als Kinderkrankenschwester aufnehmen. Den Plan, Sängerin zu werden, hatte ich nicht aufgegeben, sondern nur aufgeschoben. Gleich nach Abschluß der Ausbildung würde ich Gesangunterricht nehmen …

Allen, die fragten, was ich denn nun machen wollte, sagte ich, daß ich mich nach reiflicher Überlegung entschlossen hätte, erst mal Kinderkrankenschwester zu werden, und dann meine Gesangsausbildung fortsetzen würde.

11

Auf der Kinderstation brannte nur noch eine Lampe, auf dem Flur, in den Zimmern, wo die kleinen Kinder lagen, war es längst still geworden, bei den größeren herrschte Trubel. Tina hatte Nachtdienst. Ein bißchen sollen die Großen noch toben, dachte sie, dann bringe ich sie zur Ruhe. Sie hatte sich Briefpapier mitgebracht, um an Frank zu schreiben. Manchmal hatte sie Sehnsucht nach ihren Babys auf der Neugeborenenstation. Sie ging ins Behandlungszimmer, schnitt Mull zu Tupfern, packte einen Korb mit Binden aus, sortierte sie in einen Schrank ein. Sie nahm sich das Medikamentenbuch, in dem geschrieben stand, welches Kind zu welcher Zeit welche Medizin zu bekommen hatte. Sie stellte sich die Tablettenschälchen und Tropfenfläschchen parat. Das Radio spielte leise, zwischen den Musiktiteln grüßte ein Sprecher Matrosen und Soldaten von ihren Frauen, Bräuten, Müttern und Omis.

Eigentlich Blödsinn, dachte Tina, ein Seemann, der jetzt durch den Suezkanal schwimmt, der wird gerade diese Sendung hören, und die Soldaten liegen um diese Zeit auch längst in ihren Betten oder haben Dienst.

„Tante, ich habe ganz großen Durst“, ein kleiner, etwa fünfjähriger Junge stand an der Tür und blinzelte, geblendet vom hellen Licht.

Tina nahm ihn auf den Arm. Er schmiegte sich an sie.

„Dann werd ich dir mal Tee geben, damit du mir nicht verdurstest."

Sie setzte ihn auf einen Stuhl und goß Tee in eine Tasse.

Der Kleine trank die Tasse in einem Zug leer.

„Ist es nun gut?" fragte Tina.

Der Junge schüttelte heftig den Kopf.

„Willst du noch mehr trinken?"

Wieder schüttelte er den Kopf.

„Kann ich ein bißchen bei dir bleiben, im Zimmer ist es ganz dunkel."

„Wenn du schläfst, dann merkst du das gar nicht."

„Ich kann aber nicht schlafen, Tante", sagte der Kleine kläglich.

„Was machen wir da?" Tina nahm ihn wieder auf den Arm. „Ich weiß was: Ich bringe dich in dein Bettchen und erzähle dir eine Geschichte."

Der Junge nickte zustimmend.

Sie ging mit ihm in den Korridor, aus dem Zimmer der Großen hörte sie Gekicher.

„Na, wartet", sagte Tina. Sie brachte den Kleinen ins Bett, deckte ihn zu.

„Ich gehe nur mal schnell ins Nebenzimmer, ich komme gleich wieder zurück, ich lasse die Tür einen Spalt auf, dann siehst du das Licht im Flur", flüsterte Tina.

„Kommst du auch wirklich gleich wieder?" fragte das Kind weinerlich.

„Wirklich", sagte Tina.

Als sie die Tür des Nebenzimmers aufmachte, hörte schlagartig das Gekicher auf, und ein paar Gestalten huschten durch den dunklen Raum, ein paar Betten quietschten, dann war es mucksmäuschenstill. Erst wollte sie etwas sagen, das ließ sie aber und schloß leise die Tür.

Als sie sich umdrehte, sah sie, daß der Junge seinen Kopf durch den Türspalt steckte und nach ihr Ausschau hielt. Sie legte ihn ins Bett, rückte sich einen Stuhl heran, nahm seine Hand und fing an zu erzählen:

„Es war einmal ein kleines Mädchen, das immer eine rote Kappe trug ..."

Während sie erzählte, spürte sie, wie die kleine Hand in

der ihren immer schlaffer wurde und der Atem des Kindes tiefer und gleichmäßiger. Noch bevor Rotkäppchens Mutter den Korb gepackt hatte, konnte Tina sich aus dem Zimmer schleichen.

Sie ging ins Schwesternzimmer, wo auf dem Tisch der Schreibblock lag. Gerade wollte sie den Brief anfangen, da klingelte das Telefon.

„Na, Schwesterchen, alles in Ordnung auf der Station?"

Es war „Belmondo", der Assistenzarzt, der heute Nachtdienst hatte. Sein Spitzname war ihm verliehen worden, weil es kaum eine Schwester gab, mit der er nicht versucht hatte anzubändeln.

„Es ist alles in Ordnung", sagte Tina.

„Wie wär's, wenn Sie für uns beide einen starken Kaffee brauen, in 'ner Viertelstunde komme ich vorbei."

Bevor Tina ja oder nein sagen konnte, hatte er aufgelegt.

Das fehlte mir gerade noch, dachte Tina und setzte Kaffeewasser auf. Belmondo ließ nicht lange auf sich warten.

Sie goß gerade das kochende Wasser in die Kanne, als sich zwei Hände auf ihre Hüften legten.

„Hallo, Schwesterchen, hoffentlich ist dein Kaffee so aufregend wie du", sagte er dicht neben ihrem Ohr. Eine angenehme Stimme hat er, fand sie, gleichzeitig überlegte sie, ob sie ihm nicht etwas von dem Kaffeewasser auf seinen vorgestellten Fuß gießen sollte.

Tina nahm die Kanne, drehte sich um, nun stand er dicht vor ihr.

„Wenn Sie eine Tasse Kaffee trinken wollen, müssen Sie mich mal zum Tisch gehen lassen", sagte Tina lächelnd.

„Ich weiß was Besseres, als eine Tasse Kaffee zu trinken", sagte er.

„Ich auch", sagte Tina.

„Und was?" fragte Belmondo.

„Zwei Tassen Kaffee trinken."

Belmondo schien enttäuscht.

„Wollen Sie stehenbleiben", er zeigte auf den Stuhl, der an der einen Längsseite des Tisches stand, „ist vielleicht etwas unbequem auf die Dauer."

Tina setzte sich an die andere Seite des Tisches. Auch Belmondo setzte sich. Er schlürfte genießerisch den Kaffee, dabei ließ er Tina nicht aus den Augen.

„Alles, was recht ist", sagte er anerkennend. Tina wußte nicht genau, ob das Lob ihrem Kaffee oder ihrer Figur galt. Sie griff in ihre Kitteltasche, um ihren Verlobungsring zu suchen, den sie abgesetzt hatte, als sie die Harnsammelgläser mit Desinfektionsmittel gereinigt hatte. Sie ließ den Ring demonstrativ ein Stück über den Tisch rollen, fing ihn sich, streckte die linke Hand mit gespreizten Fingern vor und steckte den Ring auf den Finger.

Belmondo verfolgte dieses Spiel aufmerksam. „Kleine Demonstration unter dem Motto: Ich bin treu wie Gold, beeindruckend ...", sagte er.

„So etwa." Tina lächelte kokett und goß ihm noch Kaffee nach. Sie beugte sich beim Eingießen tief über den Tisch. Belmondo schluckte. Tina war mit dieser Wirkung durchaus zufrieden. Er verabschiedete sich bald darauf.

Tina spülte die Tasse ab und fing an, den Brief zu schreiben. Jetzt waren die Briefe kürzer, das lag nicht daran, daß sie sich weniger zu sagen hatten, aber Tina fuhr jedes Wochenende nach Stückow, und Franks Silvesterurlaub war auch erst vor zwei Wochen gewesen. Er war so geworden, wie sie sich ihn beide vorgestellt hatten: kurzer Besuch bei Franks Eltern, ein etwas längerer Besuch bei Tinas Eltern, ansonsten verließen sie kaum das Zimmer im Schwesternwohnheim.

Als Tina den Brief fertig hatte, machte sie einen Rundgang durch die Zimmer, alles schlief.

Kurz vor sechs kam ihre Ablösung.

Bevor Tina in ihr Zimmer ging, stattete sie der Neugeborenenstation einen Besuch ab.

„Du kommst genau richtig", wurde sie von Anita begrüßt, „ich weiß nicht, wo mir der Kopf steht, sei so nett, verteil mal die Babys auf der Wochenstation."

„Ich komme gerade aus dem Nachtdienst", sagte Tina.

„Na und, siehst noch ganz schön frisch aus."

Tina schob mit dem Wagen voller Babys los.

„Verschwinde aber nicht gleich auf deine Bude, ich muß dir was sagen", rief Anita ihr nach.

Als Tina zurückkam, sagte Anita:

„Berta ist krank, sie liegt schon seit vier Tagen in ihrem Zimmer. Wir bringen ihr das Essen, aber es müßte mal jemand zu ihr gehen und einfach ein bißchen mit ihr reden. Wir dachten, daß du …"

„Ausgerechnet ich", sagte Tina unwillig.

„Du wohnst mit ihr Wand an Wand, du mußt sie ja nicht abknutschen, einfach mal reinsehen. Einverstanden? Hier, wir haben zusammengelegt für Blumen." Anita drückte Tina ein paar Markstücke in die Hand. „So, und jetzt kannst du meinetwegen in dein Bett krauchen, tschüßi."

Tina schlief bis in den Nachmittag hinein.

Sie ging Blumen kaufen, holte vom Bäcker ein paar Stück Apfelkuchen. Um vier klopfte sie an Bertas Zimmertür.

Oberschwester Berta lag auf der Couch, mit einer Decke zugedeckt. Sie richtete sich etwas auf, als Tina ins Zimmer kam. Tina sah, daß es ihr schwerfiel.

„Ein paar Blumen von uns und Apfelkuchen von mir", sagte Tina, wollte alles auf den Tisch legen und wieder gehen.

„Nach Essen ist mir gar nicht, aber bleiben Sie doch, ich koche Kaffee, und Sie essen den Apfelkuchen", sagte Oberschwester Berta.

Tina zögerte. Oberschwester Berta versuchte aufzustehen. Da legte Tina Blumen und Kuchen auf den Tisch, ging zu ihr, drückte sie in ihr Kissen zurück und deckte sie behutsam wieder zu.

„Sie bleiben schön liegen", sagte Tina resolut, „den Kaffee kann ich uns kochen. Wo finde ich eine Vase für die Blumen?"

Oberschwester Berta zeigte auf ihr Vertiko. Tina nahm die Kristallvase, neben der in einem Holzrahmen das Foto eines jungen Mannes in Uniform stand. Als die Blumen in der Vase auf dem Tisch standen, im Kessel das Kaffeewasser summte, sagte Oberschwester Berta: „Stellen Sie die Blumen bitte neben das Bild auf dem Vertiko. Im Schrank finden Sie Tassen und Kuchenteller."

Tina rückte einen Stuhl neben die Couch, stellte darauf die Kaffeetasse und den Teller mit dem Kuchen. Sie selber setzte sich an den Tisch. Schweigend tranken sie Kaffee und aßen Kuchen.

Tina sah immer wieder zu dem Foto, das auf dem Vertiko stand.

„Das ist mein Verlobter", sagte Schwester Berta, „er ist 1942 gefallen, im Juli, bei Woronesh. Ich war gerade achtzehn."

Tina wußte nicht, wie sie reagieren sollte. Das war über vierzig Jahre her. Zwanzig Jahre bevor sie geboren wurde ...

Schwester Berta drehte sich so, daß sie das Foto sehen konnte. „Ihr wißt gar nicht, wie gut es euch heute geht. Ihr braucht euch keine Sorgen um eure Freunde und Männer zu machen, ihr braucht euch nicht vor den Bomben im Keller zu verkriechen ..."

Tina fühlte sich nicht wohl in ihrer Haut, irgendwie tat ihr Schwester Berta leid, aber zugleich wollte sie ihr sagen, daß damals eben eine andere Zeit war, die sie nichts anging. Tina fühlte, daß es besser sein würde, zu schweigen. Es war wieder eine Situation, wo es ihr hinterher leid tun würde, wenn sie einfach sagte, was sie dachte.

„Sie müssen nicht denken, daß ich euch diese bessere Zeit nicht gönne, nein, das wirklich nicht, nur manchmal finde ich, daß ihr zuwenig dankbar dafür seid."

Tina fragte sich, wie meint sie das, dankbar sein, wie soll denn das aussehen? Warum hält sie mir überhaupt solch eine Rede?

„Gießen Sie mir bitte noch einen Schluck Kaffee ein, Tina."

Tina goß Kaffee nach.

„Sie halten mich für einen Drachen, stimmt's?"

Tina war überrascht. Was sollte sie darauf sagen? Doch nicht etwa: Ja, Oberschwester, ich denke, Sie sind ein sieben- bis zwölfköpfiger Drache, jedenfalls manchmal?

„Waren Sie damals schon Krankenschwester?" fragte sie und wies mit der Hand auf das Foto.

„Ich war noch in der Ausbildung, da kam ich zu einer Verwundetensammelstelle in der Nähe von Minsk, dort wurden Lazarettzüge zusammengestellt, die die Verwundeten nach Deutschland brachten. Ich begleitete sie ... Aber das wird Sie gar nicht interessieren", sagte Oberschwester Berta.

„Doch", sagte Tina und meinte es ehrlich.

„Das war eine schlimme Zeit, manchmal waren wir eine Woche unterwegs mit den Schwerverwundeten, tun konnten wir während des Transports nichts für sie, viele starben. Wenn der Zug dann hielt, legten wir die Toten neben die Gleise. Ende 1943 wurde ich verwundet. Kurz vor Dessau wurde unser Zug von amerikanischen Fliegern mit Bordwaffen beschossen, ich kriegte was am Oberschenkel ab. Als ich aus dem Lazarett entlassen wurde, das war im Februar 1944, wurde ich hier im Krankenhaus eingesetzt, im März kamen meine Eltern bei einem Bombenangriff um ..."

Tina drängte sich der Gedanke auf, daß Berta damals genauso alt gewesen war wie sie heute. Es war nicht nur Mitleid, was sie für Berta empfand, genau konnte sie ihr Gefühl nicht definieren, es war eine Mischung von Bewunderung und Verwunderung und Mitleid.

„Ich glaube, Tina, ich langweile Sie", sagte Schwester Berta.

Tina schüttelte den Kopf.

„Wissen Sie, den Krieg habe ich erst hier in Berlin hassen gelernt. Nach jedem Bombenangriff wurden verstümmelte Kinder eingeliefert, Babys, denen Beine oder Arme abgerissen worden waren. Das war schrecklicher als das Elend, das ich in den Lazarettzügen gesehen hatte. Nachts, wenn die Bombenangriffe waren, verlegten wir unsere Kinder in den Luftschutzkeller, und nie wußten wir, wenn wir runtergingen, ob wir je wieder hochkommen würden.

Während des Bombenangriffs saß einmal ein alter Pfleger neben mir. Ich sagte ihm, daß ich nichts mehr hassen würde als diesen verfluchten Krieg. ‚Das reicht nicht, Mädchen', sagte er, ‚die, die ihn gemacht haben, die mußt du hassen.' Es dauerte noch lange, bis ich begriff, daß Hitler und seine Banditen die Schuldigen waren."

Mit einem Ruck setzte sie sich aufrecht hin und sagte mit veränderter Stimme: „So, jetzt habe ich genug erzählt. Sie haben heute noch Dienst, und ich rede und rede, haben Sie Lust, mit mir zu Abend zu essen?"

Tina wunderte sich über Oberschwester Berta, es schien ihr auf einmal besser zu gehen.

„Sie haben nie geheiratet", sagte Tina, und kaum waren ihre Worte heraus, bereute sie sie schon. Vielleicht war das ein Thema, worüber Berta nicht reden wollte.

„Nein, ich wollte nicht. Außerdem gab es nach dem Krieg in meinem Jahrgang nicht mehr genug Männer. Viele waren gefallen, die noch lebten, waren in der Kriegsgefangenschaft." Sie stand von der Couch auf, ging zum Vertiko und nahm das Bild. „Er war zwanzig, als er bei Woronesh fiel", sagte sie, stellte das Foto wieder zurück und rückte die Vase mit den Blumen heran, „sechzehn war ich, als wir uns kennenlernten. Er hatte gerade den Arbeitsdienst hinter sich, gleich danach wurde er eingezogen."

Tina sagte: „Wenn Sie wollen, können wir auch bei mir Abendbrot essen, ich habe ein Glas Bockwürste, die guten geräucherten."

„Ich fühle mich tatsächlich besser", sagte Schwester Berta, „ich nehme Ihre Einladung an."

Tina stand auf. „Na, dann in zwei Stunden bei mir."

Sie ging aus dem Zimmer.

Als Schwester Berta später zu ihr ins Zimmer kam, mit einer Büchse Champignons in der Hand, glaubte Tina ihren Augen nicht zu trauen: Sie hatte ein Kleid an, eins mit großem Blumenmuster. Nur ihr graues, zu einem Knoten gestecktes Haar paßte nicht zu dem Kleid. Oberschwester Berta stellte die Büchse auf den Tisch.

„Hat mir meine Schwester aus Kassel geschickt, das Kleid übrigens auch", sagte sie. Ihr war wohl Tinas Verwunderung nicht entgangen. Sie sah unsicher an sich hinunter. „Ich glaube, das Kleid paßt gar nicht zu mir."

„Doch, das steht Ihnen sehr gut", sagte Tina und dachte, so müßten die anderen sie sehen.

Sie tranken Tee und aßen Bockwurst und dazu die Champignons und getoastetes Weißbrot.

„So gut habe ich schon lange nicht mehr zu Abend gegessen", sagte Berta, als sie ging, „herzlichen Dank, Schwester Tina. Und wenn Sie am Wochenende zu Ihrem Verlobten fahren, grüßen Sie ihn von mir. Übrigens, ich fühle mich so gut, daß ich wohl morgen wieder zum Dienst kommen werde."

Tinas Nachtdienst verlief außergewöhnlich ruhig. Ohne Hast tat sie das, was die Pflichten der Nachtschwester waren: Spritzen und Kanülen sterilisieren, das Behandlungszimmer mit Desinfektionslösung wischen, das Abendbrotgeschirr spülen. Gegen Mitternacht machte sie ihre Runde durch die Zimmer.

Dann setzte sie sich ins Schwesternzimmer. Sie mußte an Oberschwester Berta denken, und dabei erinnerte sie sich, was ihr ihr Vater vom Krieg erzählt hatte. An manchen Abenden, wenn sie und Ulrike schon im Bett lagen, kam er ins Zimmer, setzte sich auf eins der Betten und erzählte Geschichten.

Als sie noch kleiner waren, erzählte er Märchen, und dazu spielte er zwischendurch Mundharmonika, später erzählte er Geschichten, die er selbst erlebt hatte, als er Kind war. Und als er Kind war, war Krieg. Er erzählte, wie er mit seiner Mutter im Luftschutzkeller gesessen hatte, wie er Angst gehabt hatte, wenn die Bomben fielen, wie nachts der Himmel rot war von den brennenden Häusern. Aber er erzählte auch, daß er sich darüber ärgerte, weil sein Vater noch nicht Soldat war wie die meisten Väter seiner Klassenkameraden. Die konnten von den „Heldentaten" ihrer Väter erzählen, er nicht. Endlich war sein Vater Soldat. Da fürchtete er, daß er fallen könnte, denn es kam immer öfter vor, daß sie morgens in der Klasse aufstanden und das Lied „Vom guten Kameraden" singen mußten, weil von einem Klassenkameraden der Vater gefallen war.

Er erzählte, wie er mit seiner Mutter kurz vor Kriegsende in einem kleinen Dorf an der Neiße gelebt hatte. Tagsüber zogen Flüchtlingstrecks durch den Ort, die Jungen standen am Straßenrand und fanden das ungeheuer interessant, sie wünschten sich nichts sehnlicher, als daß auch sie bald so durch das Land ziehen könnten. Den ganzen Tag auf dem Pferdewagen fahren, was Schöneres konnten sie sich nicht vorstellen. Abends hatte er oft mit seiner Mutter am Fluß gestanden. Aus der Richtung, aus der am Tage die Flüchtlingstrecks kamen, waren wie fernes Gewittergrollen die Detonationen von Granaten und Bomben zu hören. Er drückte sich ängstlich an seine Mutter.

„Einmal", erzählte er, „kam an einem Nachmittag ein Lautsprecherwagen ins Dorf gefahren. Alle Bewohner wurden aufgefordert, die Straße zu verlassen und in die Häuser zu gehen, und keiner sollte sich am Fenster sehen lassen.

Mit einem Freund versteckte ich mich in einer Scheune. Durch eine Ritze beobachteten wir die Straße, neugierig waren wir, was geschehen würde. Erst kam ein Auto, in dem SS-Offiziere saßen, dahinter vielleicht zehn oder mehr Möbelwagen, Menschen in gestreiften Anzügen zogen an langen Stricken die schweren Wagen hinter sich her. Daneben gingen SS-Leute mit Maschinenpistolen. Die Männer sahen abgemagert und krank aus, mit müden Schritten schlurften sie über das Pflaster der Dorfstraße, die SS-Leute brüllten, sie sollten schneller laufen. Wenn einer stolperte, kam gleich ein SS-Mann angerannt und trat ihn mit seinem Stiefel. Wir wagten kaum zu atmen. Als der vorletzte Wagen gerade an unserem Versteck vorbeikam, ging die hintere Tür auf, und ein SS-Mann warf eine leere Schnapsflasche heraus. Sie traf einen der Männer von dem folgenden Wagen, er fiel hin, zwei seiner Kameraden hoben ihn schnell auf, nahmen ihn in die Mitte, seine Beine schleiften über das Pflaster, er war besinnungslos. Der letzte Wagen war vorbei, die Dorfstraße lag wie ausgestorben da. Eine Weile blieben wir im Stroh liegen, dann hörten wir Schüsse, die aus der Richtung kamen, in der die Kolonne verschwunden war. Wir sprangen auf und rannten nach Hause. Ich fragte meine Mutter, was das für Leute waren, die wir gesehen hatten. ‚Das waren KZ-Häftlinge', sagte sie. Als ich wissen wollte, warum man sie so behandelte, schickte sie mich weg, ich sollte die Karnickel füttern gehen. Ich merkte, sie wollte darüber nicht reden. Später sah ich, wie ein Pferdewagen, auf dem tote Männer in Sträflingskleidung lagen, durchs Dorf zum Friedhof fuhr. Die SS hatte sie hinter dem Dorf erschossen, weil sie nicht mehr laufen konnten."

Tina erinnerte sich, daß an dem Abend, als ihr Vater das erzählte, Ulrike zu ihr ins Bett gekommen war und weinte.

Tina ging zum Fenster, öffnete es, der frostklare Himmel war sternenübersät, der Mond tauchte Gebäude und die blattlosen Bäume in fahles Licht, es war still, nur ab und zu war das Motorengeräusch eines Autos zu hören.

„Eigentlich hat Berta recht", dachte sie, „manchmal wissen wir wirklich nicht, wie gut wir es haben."

Kurz vor sechs klingelte das Telefon. Es war Odette. „Du hast ein Leben, du kannst gleich schlafen gehen, ich muß mich jetzt auf die Socken machen, Mario in den Kindergarten bringen und dann zur Besprechung ins Zentrum."

„Um mir das zu erzählen, rufst du mich an?" fragte Tina.

„Nicht nur, gestern abend hat mein Berndchen aus Stückow angerufen. In den nächsten drei Wochen ist es Essig mit Stückow. Die Jungs fahren eine Woche früher ins Winterlager als geplant. Außerdem soll ich dir schöne Grüße von Frank ausrichten. Tschüs, schlaf schön."

12

Ich war gerade wieder zwei Tage bei meinen Babys, da kam ein Mädchen auf die Entbindungsstation, das ihr Baby zur Adoption freigegeben hatte. Als ich das hörte, war ich neugierig, was das für ein Mädchen sein mochte. Weil ich auf der Entbindungsstation nichts zu suchen habe, gab es keine Möglichkeit für mich, an sie heranzukommen.

Ich kann mir nicht vorstellen, wie es eine Frau übers Herz bringt, ihr Baby wegzugeben. Ich kann mir vorstellen, daß ein Baby zur unpassenden Zeit kommt, aber es wegzugeben, nein, das konnte ich mir nicht vorstellen. Immer wenn ich ein bißchen Zeit hatte, ging ich runter zur Entbindungsstation und schlich im Flur umher. Ich sah mir alle Frauen, die im Flur auf und ab liefen, genau an, versuchte herauszubekommen, wer das Mädchen sein könnte. Eine fiel mir auf. Sie trug einen kurzen Bademantel, und angemalt war sie, als wollte sie zu einem Faschingsball gehen, und Absatzschuhe hatte sie an. Absatzschuhe! Auch von der Gangart her unterschied sie sich von den anderen Frauen, die gingen langsam, bedächtig, fast schleppend; dieses Mädchen schritt tänzelnd durch den Flur. Ich schätzte sie auf neunzehn, vielleicht zwanzig. Ich überlegte, wie ich sie ansprechen könnte. Ich wollte wissen, ob ich richtig getippt hatte.

Das Mädchen kam mir entgegen, ich ging auf sie zu.

„Sie haben ja einen Schritt am Leibe, als hätten Sie es eilig", sagte ich im Vorbeigehen. Das war nicht besonders einfallsreich, aber sie drehte sich um und ging neben mir her.

„Hab ich auch, ich möchte, so schnell es nur geht, hier wieder raus."

„Das müssen Sie Ihrem Baby sagen."

„Arbeiten Sie auch auf dieser Station?" fragte sie.

„Nein, ich bin von der Neugeborenenstation. Wenn Sie entbunden haben, dann bringe ich Ihnen ihr Baby zum Stillen." Ich war gespannt, wie sie reagieren würde.

„Mit mir werden Sie keine Arbeit haben", sagte sie, „ich nehme das Baby nämlich nicht mit nach Hause." Sie sah mir ins Gesicht, wohl um meine Reaktion festzustellen.

„So", sagte ich, nichts weiter. Ich wollte gehen.

Sie hielt mich am Arm fest. „Hören Sie mal, ist das alles, was Sie dazu zu sagen haben, finden Sie das in Ordnung, daß ich das Kind nicht haben will ..."

„Es steht mir nicht an, mich dazu zu äußern. Sie werden schon triftige Gründe für Ihren Entschluß haben", sagte ich betont kühl. Ich spürte auf einmal keine Lust mehr, mit ihr zu reden, sie war mir unsympathisch. Es gefiel mir auch nicht, daß sie so hysterisch laut redete, die anderen Frauen, die im Gang auf und ab marschierten, sahen sich nach uns um. Ich ging schneller, sie blieb an meiner Seite. Etwas leiser sagte sie:

„Jetzt stört mich ein Kind, ich kann keins gebrauchen, wenn ich den richtigen Zeitpunkt nicht verpaßt hätte, hätte ich es wegmachen lassen ..., später kann ich ein halbes Dutzend Kinder haben."

„Ich muß gehen", sagte ich, „ich werde Sie ja dann noch sehen, wenn Sie auf der Wöchnerinnenstation liegen."

Ruckartig blieb sie stehen.

Als ich wieder oben auf unserer Station war, erzählte ich Anita, daß ich mit dem Mädchen gesprochen hatte.

„Solche könnte ich backpfeifen, bumsen, nicht die Pille nehmen und das Kind dann in die Wüste schicken, solche schmecken mir", sagte Anita, „dann sollen sie sich schon lieber zum Abbruch entschließen, finde ich."

Ich bin nicht Anitas Meinung. Schwangerschaftsabbruch ist auch keine Lösung, die ich gut finde. Aber ich kann mir vorstellen, daß es vom Gefühl her leichter zu verkraften ist, als das Kind auszutragen, es zur Welt zu bringen und es dann wegzugeben. Da hat man doch eine Beziehung zu dem

Kind, man hat es gesehen und schreien hören. Wenn man sich dann noch davon trennen kann, muß man kein Gefühl haben.

Als ich am nächsten Tag zum Dienst kam, lag das Baby des Mädchens bei uns auf der Station. Es war ein Mädchen mit schwarzen Haaren und ganz langen Wimpern, dreitausendvierhundertundfünfzig Gramm schwer. Ein hübsches Baby. Auf dem Kurvenblatt stand nur der Familienname der Mutter, das Baby hatte noch keinen Vornamen, Angaben über den Vater fehlten, beim Beruf der Mutter stand „Studentin", hinter dem Doppelpunkt nach „Interruption" war vermerkt, daß vor anderthalb Jahren eine Schwangerschaftsunterbrechung vorlag. Ich fing an, dieses Mädchen zu hassen. Kurz bevor ich mittags die Babys fertigmachte, um sie zum Stillen auf die Wöchnerinnenstation zu bringen, kam Berta.

„Daß Sie nicht versehentlich das Baby hier mit rausfahren. Bei solchen Adoptionsfällen bekommen die Mütter das Kind nicht zu sehen", sagte sie, dabei nahm sie das Baby aus dem Korb und schaukelte es in ihrem Arm. „Du kleines, armes Ding", sagte sie und legte es behutsam wieder in das Körbchen zurück.

Ich fuhr die Babys zur Wöchnerinnenstation, verteilte sie auf die einzelnen Zimmer. In das Zimmer, in dem das Mädchen lag, brachte ich zwei Babys. Das Mädchen lag am Fenster. Als ich reinkam, wandte sie sich zum Fenster. Ich sah mir die Brüste der Frauen an, wusch sie und zeigte ihnen, wie man ein Kind anlegt. Als ich damit fertig war, ging ich nicht wie sonst aus dem Zimmer, sondern wischte am Waschbecken herum, dabei beobachtete ich im Spiegel das Mädchen am Fenster. Sie hatte sich umgedreht und sah den Müttern zu, die ihre Kinder stillten.

„Meiner trinkt nicht, Schwester", sagte eine Frau. Ich ging zu ihr, das Mädchen sah mich kurz an, wandte ihr Gesicht dann gleich wieder zum Fenster. Ich zeigte der Frau, wie sie ihre Brust um die Warzengegend herum mit der linken Hand herunterdrücken mußte, damit die Nase ihres Babys frei lag und es richtig Luft holen konnte. Das Baby fing an wie wild zu saugen, und die Frau lächelte. Ich ging aus dem Zimmer.

Kurz nach zwei, als ich Feierabend hatte und gerade nach oben auf mein Zimmer gehen wollte, sah ich das Mädchen im Flur. Das Laufen fiel ihr schwer, sie ging langsam und hob ihre Füße nur ganz kurz über den Boden, was ihrem Gang etwas Schleppendes gab. Sie blieb stehen. Ich ging an ihr vorbei, ohne sie zu beachten. Ich wollte nicht mit ihr reden. Was hätte ich sagen können? Außerdem hatte ich es eilig, ich wollte mich hinlegen, weil ich abends um zehn schon wieder mit dem nächsten Dienst dran war, und einen Brief an Frank wollte ich auch schreiben, und zwar einen langen. Das machte ich. Ich schrieb ihm unter anderem von dem Mädchen. Abends erzählte mir Ingrid, daß die „Rabenmutter“, so sagte sie, während der ganzen Besuchszeit auf der Bank neben dem Zeigefenster gesessen und zugesehen hatte, wie den Vätern und Omas die neugeborenen Babys gezeigt worden waren.

„Sie hat Probleme mit ihrer Brust, die ist heiß und hart. Sie muß sie kühlen. Du mußt nach ihr sehen. Nimm ihr eine Milchpumpe mit“, sagte Ingrid, bevor sie nach Hause ging.

Ich war gerade beim Windeln, da klopfte es. Ich dachte, das wird eine Mutter sein, die abgepumpte Milch abgeben will. Vor der Tür stand das Mädchen.

„Darf ich reinkommen?“

„Es ist verboten, die Neugeborenenstation zu betreten“, sagte ich.

Sie sah sehr hilflos aus, und sie tat mir auf einmal leid. Ich nahm sie am Arm, schloß die Tür und schob sie ins Schwesternzimmer. „Setzen Sie sich, ich komme gleich“, sagte ich.

Ich ging zu Anita, die gerade ein Baby in eine Couveuse legte und eine Blaulichtlampe darüber zurechtrückte.

„Weißt du, wer im Schwesternzimmer sitzt?“

„Der Kaiser von China sicher“, sagte Anita, ohne sich bei ihrer Arbeit stören zu lassen.

„Das Mädchen mit dem Adoptionsbaby.“

Anita unterbrach ihre Arbeit.

„Bist du verrückt, schmeiß sie raus.“

„Laß mich mal zehn Minuten mit ihr allein, mal sehen, was sie will“, sagte ich.

„Tina, du ahnst nicht, was dir das für'n Ärger machen kann. Schmeiß sie raus, das ist das einzig Richtige."

Ich ging zurück ins Schwesternzimmer, wo das Mädchen auf mich wartete.

„Sagen Sie mir bitte, wie mein Baby aussieht, Schwester, bitte", sagte sie.

Ich überlegte. Warum wollte sie wissen, wie ihr Baby aussieht, wenn sie es doch nicht haben wollte?

„Ein hübsches kleines Mädchen ist es, hat ganz lange Wimpern ..."

„Darf ich es vielleicht mal sehen, nur eine Minute?" bat sie.

„Das geht wirklich nicht, das ist nicht gestattet, Mütter, die ihre Kinder zur Adoption freigegeben haben ..."

Ich redete nicht weiter, mir war, als hätte nicht ich das gesagt, sondern Oberschwester Berta. Das Mädchen tat mir so leid, daß ich nicht mehr verstehen konnte, daß ich vor kurzem noch Haßgefühle gegen sie hatte. Gleichzeitig war ich hilflos, ich wußte nicht, was ich nun machen sollte.

„Schwester, bitte, eine Minute nur", bat sie wieder.

Einen Augenblick zögerte ich. Wenn du sie nicht in dieser Sekunde wegschickst, dann ... Die Sekunde war schon vorbei.

Ich ging das Baby holen. Ich kämmte es, wie ich es immer machte, wenn ich Babys an der Scheibe zeigte.

Als ich ins Schwesternzimmer kam, stand das Mädchen auf.

So hat noch nie eine Mutter ihr Baby angesehen, wie sie es tat. Wortlos standen wir mindestens drei oder vier Minuten. Das Mädchen fing an zu weinen. Ich gab ihr das Baby in den Arm. Sie drückte es an sich und sagte immer wieder:

„Mein Baby, mein Baby."

Plötzlich wurde das Mädchen ganz ruhig.

„Ich gebe es nicht her, ich behalte mein Baby, ich gebe es nicht her", sagte sie mit sicherer Stimme.

Ich hatte nicht bemerkt, daß Anita schon eine Weile in der Tür stand. Erst als sie in ihr Taschentuch schneuzte, bemerkte ich sie. Ich hatte Angst, Anita würde irgendwas Unpassendes sagen. Nachdem sie sich noch mal geschneuzt hatte, sagte sie: „Dann wollen wir mal schön die Brust kühlen, damit Ihr Baby sich morgen früh richtig vollsaugen kann."

Das Mädchen gab mir das Baby und ging lächelnd zurück auf die Wöchnerinnenstation. Anita ließ sich in den Sessel fallen und heulte.

Als ich später ins Schwesternzimmer zurückkam, stellte Anita zwei Kaffeetassen auf den Tisch.

„Zu Hause habe ich noch einen ganzen Packen Babyklamotten, die bringe ich ihr morgen mit. Dann müssen wir mal rumfragen, wer einen Kinderwagen hat, den er nicht mehr braucht. Ich glaube, bei Ingrid, der Ziege, steht einer rum. Den muß sie rausrücken."

„Das hätte ich dir nicht zugetraut", sagte ich zu Anita, „wolltest du sie nicht vorhin rausschmeißen?"

„Du mußt noch viel lernen, Schätzchen", sagte Anita und goß schwungvoll Kaffee in die Tassen.

In den nächsten Tagen war Katrin, so hieß das Mädchen, der Star der Station. Auf dem Kurvenblatt stand nun bei dem Baby auch ein Vorname: Yvonne.

Gestern war Katrin entlassen worden. Anita hatte ihren Mann mit seinem Kombitrabi herkommandiert, um sie in ihr Studentenwohnheim zu fahren. Wir haben nämlich so viel Babysachen zusammengesammelt, daß Katrin damit Drillinge über die ersten drei Lebensjahre hätte bringen können. Sogar Berta ließ es sich nicht nehmen, etwas beizusteuern. Zwei Dutzend Windeln von der weichen Sorte kommen auf ihr Konto. Trotzdem, genau weiß ich nicht, ob es richtig war, was ich getan habe. Wenn Katrin nun mit ihrem Leben nicht zurechtkommt? Wenn ihr Baby darunter leiden muß, wenn sie es vielleicht verkommen läßt? Hab ich dann nicht auch schuld daran?

Heute habe ich mit Anita darüber geredet.

„Na, du bist vielleicht 'ne Maus", sagte sie, „erst inszenierst du diesen Wirbel, und dann kriegst du Angst vor deiner eigenen Courage. Du kannst dir jedenfalls deine Gewissensbisse sparen, bis jetzt sieht alles ganz positiv aus: Erst wollte sie ihr Kind nicht, nun hat sie es und ist glücklich. Außerdem kümmern sich schließlich noch ein paar andere Leute um sie. Der Oberarzt hat sich zum Beispiel mit der Sozialmutter der Hochschule in Verbindung gesetzt, in dieser Woche zieht sie mit ihrem Baby in ein Einzelzimmer. Und schließlich kannst du ja auch mal bei ihr vorbeisehen, vielleicht wählt sie dich zur Patentante."

Ich habe mir vorgenommen, sie zu besuchen, nicht heute und nicht morgen, aber vielleicht in ein paar Wochen.

Bevor der Wirbel um Katrin losging, war mir eine Idee gekommen, die ich dann wieder vergessen hatte. Heute war sie plötzlich wieder da. Es gibt eine Musikschule in Mitte, da wird auch Gesangunterricht erteilt. Vielleicht sollte ich mal hingehen. Das heißt ja noch lange nicht, daß ich wirklich Gesangunterricht nehme. Ich möchte mich nur mal informieren, das kostet nichts …

13

Es war ein Frühlingstag mitten im Februar. Vier Wochen lang war für Tina alles grau gewesen, der Himmel, die Häuser, die Menschen, die Straßen, alles.

Seit Silvester hatte sie Frank nicht mehr gesehen. Nun kam die Sonne in doppelter Hinsicht: Erstens stand sie wirklich rund und leuchtend am Himmel, und zweitens würde sie kommenden Sonntag wieder nach Stückow fahren. Tina blickte aus dem Fenster des Schwesternzimmers. Auf der Straße fuhr ein Schornsteinfeger auf einem Fahrrad vorbei. Er sah Tina und winkte ihr lächelnd zu. Sie winkte zurück. Heute nachmittag, beschloß sie, fahre ich zur Musikschule.

Kurz vor vier ging sie durch das Tor des Hauses in der Hubertstraße, landete in einem Büro, erklärte dort, daß sie Gesangunterricht nehmen wolle. „Das wird wohl jetzt nichts werden, ab September geht erst wieder ein neuer Kurs los", sagte ein ältliches Fräulein, das unwillig von einer Schreibarbeit aufsah.

Tina hatte sich den Start etwas anders vorgestellt.

Am Fenster saß eine Dame, die diesen Namen verdiente: lockeres blondes Haar, dezent geschminkt, elegantes Kleid, Ringe an den Fingern.

Tina sah sie erst, als sie gehen wollte.

Sie war fast an der Tür, da sprach die Dame sie an: „Entschuldigen Sie, Fräulein, haben Sie irgendwelche Vorbildung, ich meine, hatten Sie schon mal eine Gesangsausbildung, oder sind Sie Anfängerin?“

„Ich war sieben Jahre in einem Chor“, sagte Tina.

„Interessant“, sagte die Dame, „darf ich mich vorstellen, Schulze-Müller-Bergau.“ Sie hielt Tina ihre beringte Hand hin.

„Christina Berger“, sagte sie.

„Dann können Sie doch sicher vom Blatt singen?“

„Damals konnte ich es, aber das ist immerhin sechs Jahre her“, antwortete Tina und verschwieg, daß sie im Vomblattsingen nie eine Weltmeisterin gewesen war.

„Warum haben Sie nicht gleich nach der Chorzeit Gesangunterricht genommen?“

„Ich wollte erst einen richtigen Beruf lernen.“

„Das ist nicht verkehrt. Und was schwebt Ihnen vor, ich meine, an welche Richtung dachten Sie, worauf soll Ihre Gesangsausbildung zielen?“ fragte Frau Schulze-Müller-Bergau.

Tina spürte, daß von der Beantwortung dieser Frage eine Entscheidung abhing.

„Ich würde gern Bühnensängerin werden“, sagte Tina.

„So“, sagte Frau Schulze-Müller-Bergau überrascht, denn mit solcher Absicht wurde sie selten konfrontiert, die meisten Mädchen, die hier erschienen, hatten eine Popsängerinnenkarriere im Auge.

„Interessant“, wiederholte sie, „haben Sie jetzt Zeit? Ich bin von meinem Sechzehnuhrschüler versetzt worden, ich habe welche.“

„Ich auch“, sagte Tina.

Frau Schulze-Müller-Bergau warf sich ihre Pelzjacke über die Schultern und sagte: „Dann kommen Sie mal mit.“

Sie gingen die Treppe runter, überquerten den Hof, stiegen vier Etagen hoch. Sie traten in einen Raum, der Tina beeindruckte. Ein Flügel, Bilder von Komponisten an den Wänden, in einem Regal Notenblätter über Notenblätter. Frau Schulze-Müller-Bergau legte ihre Pelzjacke über einen Stuhl, wühlte in den Notenstapeln, legte ein Blatt auf den Flügel, ein anderes drückte sie Tina in die Hand. Tina bekam einen Schreck. Die denkt doch nicht etwa, ich kann aus dem Stand vom Blatt singen, dachte sie. Frau Schulze-Müller-Bergau war nicht entgangen, daß Tina unsicher wurde. „Keine Angst, ich begleite Sie. Erst spiele ich Ihnen die ganze Partie vor, dann versuchen wir es zusammen."

Tina fiel ein Stein vom Herzen. Das Lied kannte sie, es war eins von Schubert. Sie summte mit.

„Nun wollen wir mal zusammen", sagte Frau Schulze-Müller-Bergau und schlug aufs neue die Tasten an. Tina sang. Als sie fertig war, schwieg die Musikpädagogin. Sie wird entsetzt sein, weil ich wie ein Rabe gekrächzt habe, dachte Tina. Wortlos stand die Gesanglehrerin auf, zog zwei neue Notenblätter aus dem Regal. Das Lied, das Tina nun in die Hand gedrückt bekam, kannte sie nicht, weder die Melodie noch den Text, die Noten halfen ihr da wenig. Schon wollte sie gestehen, daß sie nicht vom Blatt singen konnte, da sagte Frau Schulze-Müller-Bergau:

„Kindchen, ich spiele es erst mal wieder durch, und dann bist du dran."

Es war eine eingängige Melodie, ein Mozartlied.

„Den Text lassen wir weg, singen Sie nur la, la."

Und Tina sang.

Als sie fertig war, der letzte Ton verklungen, murmelte Frau Schulze-Müller-Bergau: „Erstaunlich, höchst erstaunlich." Dann sagte sie: „Wissen Sie, Kindchen, daß Sie eine außergewöhnliche Stimme haben? Technik haben Sie zwar keine, aber die kann man lernen. Eine außergewöhnliche Begabung."

Tina wurde rot, wußte nicht, was sie sagen sollte. Aber ihr Herz hämmerte vor Freude.

„Wir warten natürlich nicht bis September, wir fangen gleich in der nächsten Woche an. Ich habe Sie noch gar nicht gefragt: Was arbeiten Sie eigentlich?"

„Kinderkrankenschwester bin ich", sagte Tina.

„Da arbeiten Sie Schicht?"

„Ja."

Frau Schulze-Müller-Bergau blätterte in einem kleinen Taschenkalender.

„Können wir uns auf freitags achtzehn Uhr einigen?" fragte sie.

„Ja, bloß wenn ich Spätdienst habe ...“

„Keine Sorge, das wissen Sie doch sicher immer eine Woche vorher, dann kommen Sie eben vormittags zu mir nach Hause.“

Als Tina in der S-Bahn saß, dachte sie: Das schreibe ich gleich an Frank, der wird staunen. Bevor sie in Schöneweide aus dem Zug stieg, hatte sie es sich anders überlegt: Ich werde es ihm nicht schreiben, am Sonntag werde ich es ihm sagen, ich bin gespannt, was er dabei für ein Gesicht machen wird.

Beim Abendbrot erzählte sie ihren Eltern, was sie bei Frau Schulze-Müller-Bergau erlebt hatte und daß sie nun wieder singen würde.

„Das sind doch Flausen, wo du einen so schönen Beruf hast. Daß du dir immer Luftschlösser bauen mußt“, sagte ihre Mutter.

„Mich freut es, daß du wieder anfängst“, sagte ihr Vater, „wenn man schon eine besondere Begabung hat, muß man daraus auch was machen.“

Obwohl ein Fußballspiel im Fernsehen übertragen wurde, blieb die Bildröhre dunkel. Es wurde ein Quatschabend mit vielen Weißt-du-noch-Geschichten.

„Weißt du noch – die Geschichte mit deinem Blinddarm?“ fragte die Mutter. Und ob Tina wußte. Jahrelang hatte sie ihre Eltern mit ihrem Blinddarm terrorisiert. Regelmäßig, wenn sie abends weggehen wollten, bekam Tina Blinddarmschmerzen. Die Eltern blieben zu Hause, ließen einen Bereitschaftsarzt kommen, der drückte auf Tinas Bauch herum, ließ sie die Beine anziehen und dabei husten und stellte fest, daß nichts Besonderes vorlag. Dieser Trick zog bei den Eltern nur ein paarmal, sie gingen trotzdem aus dem Haus. Dann hatte Ulrike zu leiden. Kaum waren die Eltern aus der Wohnung, hörte Tina überall Geräusche. Ulrike mußte unter den Liegen nachsehen, ob niemand darunter lag, in die Schränke mußte sie sehen, hinter den Fenstervorhang, während sich Tina unter der Bettdecke versteckt hielt. Erst wenn Ulrike sagte: „Kannst vorkommen“, tauchte Tina hochrot und schwitzend auf und behauptete nun, hohes Fieber zu haben, was garantiert vom Blinddarm kam. Dann kriegte es Ulrike mit der Angst zu tun. Der ganze Spuk endete sofort, wenn vom Korridor her Schließgeräusche ins Zimmer drangen. Tina rollte sich zusammen und schlief ein.

Den Blinddarmtrick versuchte sie immer wieder. An einem der Weihnachtsfeiertage, sie war elf Jahre alt, wollten die Eltern abends zu Freunden gehen, geplant war, daß sie auch Silvester bei Freunden feiern wollten. Die Ankündigung allein schlug sofort auf Tinas Blinddarm. Wieder mußte ein Bereitschaftsarzt geholt werden. Tinas Vater redete mit dem Arzt im anderen Zimmer eine ganze Weile. Am nächsten Tag wurde Tina ins Krankenhaus gebracht, am folgenden Tag hatte sie keinen Blinddarm mehr.

Als Tina schon im Bett lag, stand sie noch mal auf, setzte sich im Nachthemd an den Tisch und schrieb einen Brief an Frank. Sie kündigte ihm eine große Überraschung für Sonntag an. Nachdem sie den Brief zugeklebt hatte, kroch sie unter die Bettdecke.

Und da war er wieder, der lange nicht geträumte Traum: Sie steht auf der Bühne in einem glitzernden langen Kleid, sie singt, andächtig lauscht das Publikum, sie ist die Königin der Nacht, Constanze, Aida. Der Dirigent im Orchestergraben zwinkert ihr zu, er sieht aus wie der Vater, dann wie Frank, sie ist Esmeralda, *... auf in den Kampf, Torero ...,* plötzlich wandelt sich die Bühnenrampe zum Straßenrand, mächtiges Motorengedröhn schwillt an, überdeckt ihre Stimme, eine riesige Tatrazugmaschine fährt langsam vorbei, aus dem Fahrerhaus winkt Frank ...

Sonst endete dieser Traum immer anders: Der Vorhang fiel, Beifall brauste auf, der Vorhang ging wieder hoch, sie verneigte sich am Bühnenrand, der Beifall wurde zum Orkan.

Am Sonntagmorgen traf sie sich mit Odette, sie waren eine halbe Stunde zu früh in Königs Wusterhausen.

Sie gingen vor dem Bahnhof auf und ab, ein kalter Wind wehte.

„Laß uns doch in den Wartesaal gehen, sonst holen wir uns noch 'ne Lungenentzündung", schlug Tina vor.

Odette schien etwas vorzuhaben.

„Wir gehen mal vor bis zum Kreisverkehr", sagte sie.

Autos drehten ihre Runde, verschwanden unter der Unterführung. Odette machte die bekannte Bewegung mit dem Daumen.

„Bist du verrückt?" fragte Tina.

Da hielt schon ein Auto mit Berliner Kennzeichen. Ein Mann mit Prinz-Heinrich-Mütze drehte die Scheibe herunter.

„Wo soll's denn hingehen, Ladys?"

„Nach Stückow, Meister", sagte Odette.

„Na, dann nichts wie rein."

Tina zögerte.

„Los schon", forderte Odette sie auf.

Die Unterhaltung im Auto bestritt Odette, der Mann fuhr so, als wollte er zeigen, daß alle Rennfahrer der Welt gegen ihn bestenfalls Rentnerrallyefahrer waren. Sie waren fast eine Stunde zu früh in Stückow.

„Und was machen wir jetzt?" fragte Tina.

„Gleich hinter der Kaserne ist ein Café."

Dorthin gingen sie. Es war fast leer, nur hinten in der Fensterecke saßen fünf Soldaten an einem Tisch.

Die Mädchen bestellten Kaffee, Odette ließ sich ein Stück Cremetorte bringen. Die Soldaten hatten Tina und Odette scharf im Visier. Als die Kellnerin die beiden Kaffee servierte, stellte sie zwei Schokoladenbecher mit Eierlikör daneben.

„Das haben wir nicht bestellt", sagte Tina.

„Die sind von den Herren dort", sagte die Kellnerin und verschwand.

Die Soldaten sahen zum Tisch der Mädchen hin.

„Was machen wir nun?" fragte Tina.

Odette hob ihren Becher hoch, prostete den Soldaten zu und schlürfte genießerisch den Eierlikör. Tina tat es ihr gleich, allerdings ohne sich nach den Soldaten umzusehen. Sie waren gerade dabei, die Schokoladenbecher zu essen, da steuerte einer der Soldaten auf ihren Tisch zu.

„Wollt ihr so allein hier sitzen bleiben? Kommt doch zu uns, ihr Schönen."

Odette hatte schon irgendeinen zustimmenden Satz auf der Zunge, aber bevor sie etwas sagen konnte, erwiderte Tina: „Wir sitzen hier gar nicht schlecht, General, und so wollen wir es mal auch lassen."

„Warum eigentlich?“ fragte Odette.

„Ich bleib hier“, sagte Tina bestimmt.

Odette zuckte mit den Schultern.

„Ehrlich“, sagte der Soldat, „ich kann nicht mit ansehen, wie ihr hier so einsam rumhockt.“ Er setzte sich. „Ihr habt doch nichts dagegen?“

Bevor er zu weiterer Konversation kommen konnte, erschien ein zweiter Soldat am Tisch. Tina paßte das nicht, aber sie wollte auch nicht als spröde Ziege dastehen. Folglich sagte sie nichts. Die beiden Soldaten bestellten eine Lage nach der anderen. Odette hielt mit.

„Warum trinkst du denn nichts?“ wollte der Soldat wissen.

„Ich bin nicht unfair“, sagte Tina.

„Wie meinste ’n das?“ fragte er.

„Ihr investiert und investiert, und am Ende kommt für euch doch nichts raus.“

Der Soldat grinste.

Als die Mädchen aufbrachen, um mindestens fünf Minuten vor den anderen, die mit dem Zug kamen, an der Wache zu sein, hatte Odette zwei Eierlikör und vier doppelte Weinbrand getrunken. An der frischen Luft zeigte sich die Wirkung. Sie kicherte vor sich hin. „So übel waren die Jungs gar nicht.“ Sie machte unbeabsichtigt einen weiten Ausfallschritt nach rechts, daß Tina sie festhalten mußte. Tina ahnte, daß es am Tor Probleme geben würde, am liebsten hätte sie Odette stehenlassen.

Bevor sie zum Wachhaus kamen, an dem man durch das kleine Fensterchen Namen, Dienstgrad und Kompanie des Soldaten ansagen mußte, durchschritten sie ein schmales Tor. Unmittelbar dahinter stand ein Leutnant.

Obwohl Tina sich größte Mühe gab, Odette auf geradem Kurs zu halten, kam es doch zu Abweichungen nach links und rechts, und zu allem Unglück fing Odette auch noch zu singen an. *Blau ist die Nacht,* nicht laut, aber laut genug, daß der Leutnant aufmerksam wurde.

Er stellte sich ihnen in den Weg. „So darf ich Sie nicht ins Objekt lassen“, sagte er.

„Was soll das heißen?“ fragte Tina.

„Personen, die unter Alkoholeinfluß stehen, haben keinen

Zutritt zum Objekt“, sagte der Leutnant.

„Ich stehe nicht unter Alkoholeinfluß“, sagte Tina, und es fiel ihr schwer, ruhig zu bleiben.

„Ich erst recht nicht“, behauptete Odette nachdrücklich und schlenkerte ihre Tasche schwungvoll hin und her.

„Seien Sie vernünftig, gehen Sie nach Hause, kommen Sie am nächsten Wochenende wieder.“

„Ich denke nicht daran“, sagte Tina, nun schon wütend, eigentlich mehr auf Odette als auf den Leutnant.

„Wie Sie wünschen. Sagen Sie mir bitte, zu wem Sie wollen.“

Die Mädchen sagten Namen und Kompanie, der Leutnant machte sich Notizen.

„Ich bitte Sie jetzt, das Gelände zu verlassen. Für vier Wochen ist es Ihnen verboten, das Objekt zu betreten. Die beiden Soldaten werden noch heute davon in Kenntnis gesetzt.“ Er drehte sich um und kümmerte sich nicht mehr um sie.

Tina fing an zu weinen. Sie schluchzte, als sie sich vorstellte, wie Frank reagieren würde, wenn man ihm mitteilte, was an der Wache passiert war.

Tina ließ Odette stehen und ging.

Im Wald holte Odette sie ein.

„Ich bin eine blöde Kuh, ich bin schuld, komm, hau mir eine runter“, hörte Tina Odette hinter sich sagen. Sie drehte sich nicht um. Odette blieb ihr auf den Fersen.

Tina überlegte, was sie tun könnte, damit Frank noch heute erfuhr, was sich wirklich abgespielt hatte. Der Gedanke, daß er glaubte, sie sei betrunken durch das Tor marschiert, machte sie verrückt. Selbst wenn sie Papier und Briefumschlag bei sich gehabt und gleich in dem zugigen Wartehäuschen einen Brief geschrieben hätte, vor dem nächsten Tag würde er nicht in Franks Hände gelangen. Tina war verzweifelt.

„Ehrlich, Tina, ich bin ein dußliges Huhn, aber nun bleib doch mal stehen“, sagte Odette. Tina drehte sich um. Odette setzte sich auf einen Baumstumpf, zog die Knie an, preßte ihr Gesicht darauf, ihre Schultern zuckten.

„Was soll bloß Berndchen von mir denken?“ jammerte sie.

Plötzlich hatte Tina die Idee: Ein Telegramm, das war die

Lösung. Sie mußte es nur so schnell wie möglich aufgeben. Als der Zug in Königs Wusterhausen einfuhr, wußte sie den Text: lieber franki stop ist alles anders stop als du denkst stop brief folgt stop deine tina. In dem Restaurant gegenüber dem Bahnhof bat sie den Gaststättenleiter, das Telefon benutzen zu dürfen. Er erlaubte es ihr.

Zu Hause erzählte Tina die Geschichte, die sich am Kasernentor abgespielt hatte. Noch während sie erzählte, klingelte das Telefon.

„Für dich", sagte ihr Vater.

Es war Frank.

„Was soll das alles bedeuten? Ich warte und warte den ganzen Nachmittag, dann kommt ein Telegramm mit einem völlig unverständlichen Text. Was ist alles anders, als ich denke?"

Obwohl Tina Franks Ärger spürte, war sie froh, seine Stimme zu hören. Der Leutnant hatte also Frank noch nichts mitgeteilt. Tina erzählte es Frank in Kurzfassung. Sein Kommentar war kurz: „Diese Odette ist ein dummes Weib."

Tina hörte, wie eine Stimme im Hintergrund sagte: „Kumpel, mach Schluß, sonst bekomme ich Ärger."

„Vielleicht kriege ich am nächsten Wochenende Urlaub, ist aber noch unsicher, also mach's gut, Tina."

„Bist du mir böse?" fragte Tina.

„Jetzt nicht mehr", sagte Frank.

Dann war ein Knacken in der Leitung, das Gespräch war zu Ende. Tina war froh, daß Frank angerufen hatte.

Am Freitag kam kein Frank, sondern ein Telegramm: *kein urlaub stop vielleicht klappt es nächste woche stop herzliche grüsse frank stop*

Das hängt sicher auch mit der Sache am Tor zusammen, dachte Tina. Sonnabend und Sonntag ließ sie sich zum Dienst einteilen. Montag kam ein Brief. Frank hatte freiwillig auf seinen Urlaub verzichtet. Ein Kumpel aus der Kompanie, der in dieser Woche Vater geworden war, hätte nicht in Urlaub fahren können, wenn er, Frank, nicht verzichtet hätte. Diesen Grund akzeptierte Tina.

Diesmal erhielt sie schon am Mittwoch einen Brief, in dem stand, daß Frank wieder nicht kommen würde, weil zwei Zugmaschinen zum Einbau von Heizungen zu einem Reparaturwerk im Norden gefahren werden müßten, eine der beiden Zugmaschinen war seine. Eigentlich freue er sich auf diese Tour, schrieb er, wenn nicht der Preis dafür so hoch wäre, denn nun konnten sie sich auch an diesem Wochenende nicht sehen.

Die nächsten Tage war Tina schweigsam, ein Signal für ihre Kolleginnen, daß mit ihr etwas nicht stimmte.

„Probleme?“ fragte Anita.

„Wie kommst du darauf, ich platze fast vor Glück“, antwortete Tina.

„Das spürt man“, sagte Anita.

Am Freitagabend klopfte Oberschwester Berta an Tinas Tür. Sie hielt ein dünnes Büchlein mit einem schwarzen Einband in der Hand.

„Darf ich mich setzen?“ fragte sie.

Tina schob ihr einen Stuhl hin.

„Seit Mittwoch sind Sie wie ausgewechselt, Tina, ist irgendwas passiert?“

Tina erzählte ihr von dem nun schon zweimal geplatzten Urlaub.

„Das tut mir leid, Tina, wirklich, das tut mir leid“, sagte Oberschwester Berta. „Dann kann ich Sie ja fragen, was ich sonst nicht gewagt hätte.“

„Soll ich raten, um was es geht? Garantiert um einen Dienst am Wochenende.“

„Um den Nachtdienst vom Sonnabend zum Sonntag ...“, sagte Oberschwester Berta.

„Mit Kußhand“, sagte Tina.

Nachdem sie zusammen Tee getrunken hatten, verabschiedete sich Oberschwester Berta.

„Das hätte ich beinahe vergessen. Dieses Buch, vielleicht lesen Sie es mal, mich hat es sehr beeindruckt“, sagte Berta, schob Tina das Buch hin und ging aus dem Zimmer. Tina legte sich auf die Liege, schaltete den Kassettenrecorder ein.

Über sieben Brücken mußt du gehn,
sieben dunkle Jahre überstehn.
Siebenmal wirst du wie Asche sein ...

Sie dachte an den Nachmittag. Zum drittenmal war sie zum Gesangunterricht bei Frau Schulze-Müller-Bergau gewesen. Sie hatte Tina so vorgenommen, daß ihr der Hals weh tat. Sie hatte große Pläne mit ihr. Frau Schulze-Müller-Bergau war überzeugt, daß ihr mit Tina ein Talent in die Hände gefallen war, das zu allergrößten Hoffnungen berechtigte. Und sie hatte schon ein Programm für Tina. Bis zum Herbst wollte sie mit ihr ein halbes Dutzend Lieder einstudieren, diese Lieder sollten das Kernstück eines Konzertabends werden, den die Musikschule veranstalten wollte.

„Da kommen auch maßgebliche Leute von der Staatsoper und von der Komischen Oper hin, die ständig auf Nachwuchssuche sind, Kindchen, weißt du, was das für eine Chance ist?“ hatte Frau Schulze-Müller-Bergau gesagt. Aber Tina hörte gar nicht richtig zu, sie ärgerte sich immer noch, daß sie Frank auch an diesem Wochenende nicht zu sehen bekommen würde.

Der Gesanglehrerin blieb nicht verborgen, daß ihre euphorischen Pläne bei Tina wenig Widerhall fanden. Sie sagte: „In drei Jahren bringe ich dich bis zur Bühnenreife, Kindchen. Wir machen alle Jahre so eine Art Talentbörse. Unsere Absolventen singen und spielen Leuten von Musiktheatern vor. Die Besten haben die Chance auf ein Engagement. Wir schaffen es, du mußt es nur wollen und arbeiten und arbeiten.“

Tina versuchte, sich in einen ihrer schönen Träume zu schwingen, sie auf der Bühne im Scheinwerferlicht ..., aber es gelang ihr nicht. Sie erhob sich, zog sich aus, wusch sich, streifte sich das Nachthemd über. Ihr Blick fiel auf das schwarze Büchlein, das auf dem Tisch lag. Sie nahm es in die Hand. „Dem Herrgott zuvorkommen“ stand auf dem Deckel. Sie legte sich wieder hin, blätterte in dem Buch, fing dann von vorn an zu lesen. Die Handlung spielte in einer Herzklinik. Es war interessant, aber es berührte sie nicht. Sie blätterte ein paar Seiten um. Dann las sie etwas, was sie so erschütterte, daß sie das Buch nicht eher aus der Hand legte, als bis sie es bis zur letzten Seite gelesen hatte. Ein jüdischer Arzt, heute ein anerkannter Herzspezialist Polens, erzählte von seinen Erlebnissen im Warschauer Ghetto während der faschistischen Besetzung. Vierhunderttausend Juden, täglich etwa zehntausend, wurden durch das Tor eines Verladebahnhofs getrieben, in Güterwagen gepfercht und in die Gaskammern der Vernichtungslager transportiert. Kinder, Frauen, alte und junge, Männer, ganze Familien. An dem Tor, durch das sie alle mußten, stand der damals Neunzehnjährige als Beauftragter einer Widerstandsgruppe.

Es gelang ihm jeden Tag, einige der Todgeweihten zu retten, er brachte sie in das Krankenhaus neben dem Tor. Schwesternschülerinnen in blendendweißer Kleidung brachen den Geretteten ein Bein oder einen Arm, damit ein triftiger Grund für einen Aufenthalt im Krankenhaus vorlag. Der Chefärztin wurden von den Nazis vierzig Überlebensnummern ausgehändigt. Wer so eine bekam, dem war zugesichert, nicht aus dem Ghetto ins Vernichtungslager deportiert zu werden. Allen anderen drohte der sichere Tod. Die Chefärztin vergab diese Nummern an einen Teil der Patienten, die Schwesternschülerinnen, die ihre Abschlußprüfung mit Auszeichnung machten, erhielten von der Chefärztin eine „Überlebensnummer".

Tina versuchte sich vorzustellen, wie sie sich in dieser Situation verhalten hätte. Es gelang ihr nicht. Sie spürte ein Würgen im Hals. Sie las: *Als die Liquidierung begann und bei uns im Spital die Leute aus dem Parterre geholt wurden, brachte oben eine Frau ein Kind zur Welt. Ein Arzt war dabei und eine Schwester. Als das Kind geboren war, reichte der Arzt es der Schwester. Sie legte es auf ein Kissen und deckte ein zweites darüber. Das Kind wimmerte und verstummte.*

Die Schwester war neunzehn. Der Arzt hatte kein Wort gesagt – und sie hatte gewußt, was zu tun war ...

Vor Tinas Augen begannen die Buchstaben zu verschwimmen, sie weinte. Gegen drei Uhr morgens hatte sie das Buch ausgelesen. Sie konnte nicht schlafen. Die Bilder ließen sie nicht los. Sie stellte sich vor, sie wäre die Schwester gewesen oder die Ärztin, die den Kindern Zyankali gab, um ihnen so den qualvollen Tod in der Gaskammer zu ersparen. Sie bekam ein Gefühl, das wie Angst war, am liebsten wäre sie jetzt zu Berta ins Nebenzimmer gegangen. Sie stand auf, schaltete die Deckenlampe ein, setzte sich an den Tisch und schrieb einen langen Brief an Frank.

Darin gab es kein Wort der Klage, daß sie sich an diesem

Wochenende nun wieder nicht sehen würden. Sie schrieb Frank, was sie gelesen hatte. Ob Frank sie verstehen würde? Vielleicht sollte sie den Brief nicht abschicken. Aber sie steckte ihn doch ins Kuvert und klebte es zu.

Und sie freute sich auf ihren Nachtdienst von Sonnabend zu Sonntag. Die Schwestern vom Spätdienst waren nicht böse, als Tina schon um neun zum Dienst antrat, eine Stunde früher als notwendig. Gegen halb elf kam Ingrid angehetzt.

„Meine Oma aus Westberlin war heute bei uns zu Besuch. Die mußte ich erst zum Bahnhof Friedrichstraße bringen", sagte sie entschuldigend. Sie hängte ihren Mantel in den Garderobenschrank. Bevor sie ihren Kittel überzog, drehte sie sich vor Tina hin und her.

„Nimmst du neuerdings Ballettunterricht?" fragte Tina.

„Wie kommst du darauf?"

„Weil du wie eine Primaballerina umhertänzelst", sagte Tina.

„Fällt dir nichts auf?" fragte Ingrid.

Natürlich war Tina aufgefallen, daß Ingrid in neuen Kordjeans steckte, die phantastisch saßen.

„Doch", sagte Tina, „deine Haare hast du dir ein bißchen verfärbt."

„Quatsch, die Jeans, frisch importiert. Sitzen die nicht irre?"

„'n bißchen zu eng, hinten brauchst du mindestens eine Nummer größer", sagte Tina lächelnd.

„Das ist der Neid der Besitzlosen", sagte Ingrid und zog sich endlich ihren Kittel über.

Sie gingen wortlos ihrer Arbeit nach.

Nach einer Weile kam Ingrid von der Wöchnerinnenstation zurück, wo sie leere Milchflaschen hingebracht hatte.

„Draußen im Flur schleicht ein Soldat rum", sagte sie im Vorbeigehen zu Tina, „könnte dein Galan sein."

Gleich darauf klopfte es.

Tina machte auf. Vor ihr stand Frank. Sie zog ihn herein, sie küßten sich.

„Halbzeit", sagte Ingrid, die in der Tür stand und der Begrüßungsszene zusah.

Tina und Frank gingen ins Schwesternzimmer.

„Daß du Dienst haben würdest, das habe ich geahnt. Unsere Tour zum Reparaturstützpunkt ist auf nächste Woche verschoben worden. Kurz vor sechs kam mein Leutnant und sagte, wenn ich nach Hause fahren will, könnte ich …"

„Wie lange hast du Zeit?" fragte Tina.

„Morgen früh um sieben muß ich wieder im Objekt sein."

„So früh fährt doch noch gar kein Zug", sagte Tina.

„Ein Kumpel steht Punkt halb sechs vor dem Krankenhaus. Sein Vater fährt uns nach Stückow."

„Und ich habe bis sechs Dienst", sagte Tina, „was machen wir?"

Ingrid kam ins Zimmer. Sie hatte einen weißen Kittel über dem Arm.

„Soldat, zieh deine Jacke aus und dies Ding über." Sie reichte Frank den Kittel.

„Was soll der Quatsch?" fragte Tina.

„Sieht ein bißchen komisch aus, wenn hier einer auf der Station in voller Kriegsbemalung rumrennt."

Frank zog den Kittel über, seine Uniformjacke hängte Ingrid in den Schrank.

„Jetzt machen wir uns an die Arbeit, und dein Frank wird inzwischen einen Kaffee für uns brauen. Wenn wir unsere Schreihälse abgefüttert und frisch verpackt haben, könnt ihr von mir aus für ein paar Stunden nach oben verschwinden, ich halte hier schon die Stellung."

„Deine Hose sitzt wirklich irre, Ingrid, wie angegossen", sagte sie.

„Ach nee", sagte Ingrid.

Die beiden Mädchen gingen aus dem Zimmer, Tina nicht bevor sie Frank noch einen Kuß gegeben hatte.

Frank suchte alles zusammen, was er brauchte, um Kaffee zu kochen. Als er den Tisch gedeckt hatte, die Kanne auf dem Tisch stand, fanden sich die Mädchen wieder ein.

Es war bald zwölf, aus einzelnen Zimmern war das Schreien der Babys zu hören.

„Dann wollen wir mal", sagte Ingrid.

„Komm mit", sagte Tina zu Frank, „du kannst zusehen."

„Kann ihm nicht schaden, wenn er mal ein paar Muster sieht. Vielleicht fällt ihm dabei was ein für nachher", sagte

Ingrid und kicherte.

Frank wurde rot. Tina dachte, das hätte sie sich sparen können. Sie ging mit Frank in das erste Babyzimmer. Sie nahm ein schreiendes Bündel mit sicherem Griff aus dem Körbchen, legte es auf den Wickeltisch, befreite es von seinem Windelpaket, rieb es mit Öl ab, säuberte den Nabel, wickelte es neu ein.

Frank stand daneben und staunte, wie sicher und geschickt Tina mit den Babys umging.

„Halte es mal einen Augenblick", sagte Tina und legte ihm ein Baby in den Arm. „Ich hole nur das Fläschchen von nebenan."

Frank wagte nicht zu atmen, er stand bewegungslos. Das Baby hatte die Augen geschlossen, gab schmatzende Geräusche von sich und fuchtelte mit seinen Händchen in der Luft umher. Tina kam zurück, nahm ihm das Baby ab, gab ihm das Fläschchen. Schmatzend saugte es. Frank ging von Korb zu Korb und besichtigte alle Babys.

„Welches gefällt dir am besten?" fragte Tina.

„Alle gefallen sie mir", sagte Frank, „wenn eins von uns dabei wäre, würde mir das am besten gefallen."

„Was soll das heißen, Herr Teichert?" fragte Tina.

„Das sage ich dir nachher", antwortete Frank.

Nach einer guten Stunde war Tina fertig, zufrieden lagen die Kleinen in den Körbchen.

Frank und Tina gingen zurück ins Schwesternzimmer. Ingrid saß schon im Sessel, die Beine weit von sich gestreckt.

„Dann ab mit euch", sagte sie, „um fünf mußt du aber wieder hiersein. Adios."

In Tinas Zimmer war es kalt, sie hatte das Fenster offengelassen. Nun schloß sie es. Frank hängte seine Uniformjacke über die Stuhllehne und setzte sich.

„Soll ich dir irgendwas zu essen machen?" fragte Tina.

Frank sah auf seine Uhr.

„Bis fünf bleiben uns gerade noch vier Stunden", sagte er.

Tina war eigenartig zumute. Seit Wochen hatte sie sich nichts sehnlicher gewünscht, als Frank zu sehen. Jetzt, wo sie unerwartet zusammen waren, lag etwas wie Fremdheit zwischen ihnen. Sie nahm das Bettzeug aus dem Schrank und breitete es auf der Liege aus. Frank sah ihr dabei zu. Das Schweigen zwischen ihnen wurde bedrückend.

„Willst du bis morgen früh so sitzen bleiben?“ fragte Tina und fing an sich auszuziehen.

Frank erhob sich, ging ans Fenster.

„Ich dachte, du würdest dich freuen, daß ich gekommen bin“, sagte er.

„Tu ich das denn nicht?“ fragte sie. Und sie wunderte sich, daß sie so richtig große Freude wirklich nicht empfand. Aber sollte sie das Frank sagen? Er stand noch immer mit dem Rücken zu ihr gewandt und sah aus dem Fenster. Sie ging zu ihm und legte ihre Arme um seinen Hals.

„Ich weiß auch nicht, weshalb das alles so eigenartig ist, Frank.“

Langsam drehte sich Frank um, Tina stand nackt vor ihm. Er strich ihr über die Wange, nahm sie in seine Arme und küßte sie. So blieben sie eine Weile stehen.

„Weißt du, daß mir kalt ist?“ fragte Tina. Sie legte sich hin und deckte sich bis zum Hals zu. Als sie die Wärme seines Körpers spürte, wich allmählich das Gefühl der Fremdheit.

„Weißt du, was ich mir wünsche?“ fragte Frank leise.

„Vier Wochen Urlaub ...“

„Das auch“, sagte Frank. „Ich würde es gut finden, wenn wir bald ein Baby hätten.“

Tina machte sich aus seiner Umarmung frei, setzte sich aufrecht. „Ist das dein Ernst?“ fragte sie.

„Warum nicht, alt genug sind wir.“

„Als ob das nur was mit dem ‚Altgenugsein‘ zu tun hätte“, sagte Tina, und es klang etwas härter, als sie wollte.

„Womit denn noch?“ wollte Frank wissen, „alles andere stimmt doch zwischen uns.“

„Stell dir vor, hier in dieser Bude mit einem Kind, du bei der Armee, wenn du wiederkommst, keine Wohnung. Für ein Kind muß man bessere Voraussetzungen haben.“

„Ich habe das ja nicht so gemeint, daß es jetzt auf der Stelle sein müßte“, lenkte Frank ein, „aber wenn ich von der Armee zurück bin, wäre ich schon dafür. Weißt du, Leute, die sich erst die Wohnung einrichten, für ein Auto sparen, sich nach dem Auto Kühltruhe und Farbfernseher anschaffen und sich zur Komplettierung, wenn sie dreißig sind, ein Kind leisten, die finde ich zum Kotzen."

„Du glaubst doch nicht etwa, daß ich eine von dieser Sorte bin ...", sagte Tina mit drohendem Unterton in der Stimme.

Frank zog sie sanft zu sich herunter. Zögernd gab Tina nach.

Nach einer Weile fragte sie: „Wie findest du eigentlich, daß ich wieder Gesangunterricht nehme? Ich habe mindestens in drei Briefen davon geschrieben, aber du hast nie darauf reagiert."

Frank schwieg.

„Schläfst du?" Tina kniff ihn.

„Ich weiß nicht, wie das werden soll."

„Wie meinst du das?"

„Du Sängerin, ich Schlosser, das wäre ein komisches Gespann."

Dieser Gedanke war Tina noch nie gekommen. Bei all ihren Träumen hatte sie sich immer von Beifall umrauscht auf irgendwelchen Bühnen gesehen, nun fiel ihr auf, daß es vielleicht tatsächlich Probleme geben könnte. Sie schob diesen Gedanken von sich.

„Erstens bin ich Krankenschwester, was du mir jetzt zwar nicht ansiehst, aber wenn ich meinen Kittel anhabe, dann spätestens wirst du dich daran erinnern", sagte Tina, „und zweitens soll schon mal aus einem Schlosser ein Ingenieur geworden sein."

„Ist das wirklich dein Ernst?" fragte Frank.

„Wenn ich es schaffe, warum nicht ..."

Die Fremdheit, die Tina schon vorhin gespürt hatte, war wieder da. Die Pausen in ihrem Gespräch wurden immer länger, bis Tina merkte, daß Frank eingeschlafen war. Sie grübelte darüber nach, woran es liegen mochte, daß die wenigen Stunden, die sie nach so langer Zeit miteinander hatten, so wenig schön verliefen. Sie war traurig und zugleich froh, daß Frank jetzt neben ihr lag.

Kurz vor fünf zog sich Tina an, Frank wurde wach, weil Tina ihn wach küßte.

„Ich mach dir schnell einen Kaffee, damit du deinem Kumpel nicht müde in die Arme sinkst", sagte sie.

Frank wusch sich prustend unter einem Kaltwasserstrahl, dann saßen beide am Tisch, tranken Kaffee, Frank in langsamen Zügen, Tina schnell und hektisch, es war schon fünf nach fünf.

Als sie sich hastig verabschiedete, hielt Frank sie noch einen Augenblick fest.

„Weißt du, was wir dringend nötig haben?“ fragte er.

„Nein“, antwortete Tina.

„Wir müßten eine ganze Woche Zeit für uns haben, von morgens bis abends und von abends bis morgens. Wenn man so lange getrennt ist, dann braucht man mehr als drei Stunden, um wieder richtig miteinander reden oder leben zu können. Verstehst du, was ich meine?“

Tina verstand ihn, er war zu dem gleichen Resultat gekommen.

14

Ich bin mal wieder in mieser Stimmung. Alles ist grau. Der Himmel, die Häuser, ich auch, innen und außen. Außen vielleicht nicht so sehr, denn vorhin hat mich Belmondo gefragt, ob ich nicht mal mit ihm abends ausgehen wolle. Ich hab ihn auflaufen lassen.

Frank ist jetzt vielleicht mit seinem Tatra unterwegs nach Norden. Ich wollte ihm gestern gleich einen langen Brief schreiben, ich glaube, zu unserer letzten Nacht ist ein Kommentar nötig. Ich hatte den Brief schon angefangen, ich versuchte die eigenartige Stimmung, die zwischen uns herrschte, zu erklären, wenigstens für mich. Es gelang mir nicht.

Ich frage mich immer wieder, ob ich Frank noch genauso liebe wie am Anfang. Es müßte einen Knall geben, es müßte Sommer sein und warm, wir müßten irgendwo am Strand liegen, dann wäre sicher alles anders. Ich liebe Frank. Immer wenn ich mir was Schönes vorstelle, dann ist es etwas, wo er dabei ist. Ohne ihn kann ich mir gar nichts vorstellen. Ich will es auch nicht. Als ich heute über den Hof ging, habe ich gesehen, daß die Sträucher pralle Knospen haben. In vier

Wochen werden vielleicht schon kleine Blätter an den Zweigen sein. Solche Sehnsucht nach dem Frühling hatte ich noch nie. Ich hätte vielleicht doch nicht von zu Hause wegziehen sollen. Da war immer was los. Die Gespräche am Abendbrottisch fehlen mir. Einmal in der Woche fahre ich zu Vati und Mutti, aber dann bin ich zu Besuch, das ist etwas anderes, als zu Hause zu sein. Meine Bude im Schwesternheim ist kein Zuhause, sie ist eine Schlafstelle. Wenn Frank von der Armee zurück ist, müssen wir uns ein Zimmer suchen, noch besser wäre eine Wohnung. Ich werde zum Wohnungsamt gehen und einen Antrag stellen. Muß ja kein Luxusappartement sein. Ein Zimmer, eine Küche. Frank holt mich von der Arbeit ab, ich ihn, wenn ich keinen Dienst habe. Wir können uns Freunde einladen, wenn uns danach ist. Solche Wolkenstores, wie sie sich jetzt alle vor die Fenster hängen, will ich nicht. Ich will überhaupt keine Gardinen. Gardinen sind wie ein Filter zwischen drinnen und draußen. Mir gefällt es besser, wenn man durch die Scheiben sehen kann. Aber Vorhänge müssen sein, blaue vielleicht, die man zuziehen kann, wenn man mal nichts sehen oder nicht gesehen werden will. Ein Zimmer ist zuwenig, ein ganz kleines müßten wir noch dazu haben. Schließlich werden wir in spätestens zwei Jahren ein Kind haben. Das wenigste, worauf ein Kind Anspruch hat, das ist ein richtiges Zuhause. Ich habe die besten Erfahrungen mit meinem Zuhause. Ich weiß, dazu gehört mehr als ein gut eingerichtetes Kinderzimmer. Das ist mir erst neulich wieder so richtig bewußt geworden. Ich habe bei Ulrike geschlafen, ihr Bert war für ein paar Tage zu seinen Eltern gefahren. Das war eine herrliche Quatschnacht, wie früher.

„Weißt du noch?“ so fing jede unserer Geschichten an.

„Weißt du noch, wie uns Vater mal abends die Geschichte vom Bergwerk erzählt hat und zwischendurch auf der Mundharmonika das Lied *Glück auf, der Steiger kommt* vorgespielt hat?“

„Ich weiß noch, wie du hinterher in mein Bett gekrabbelt bist und geheult hast.“

„Oder die Sache mit dem Schweinetunnel?“

Sonntags sind wir vormittags oft in die Wuhlheide gegangen. Einmal sollte es ein Aufklärungsspaziergang sein. Aber

Vater klärte nicht uns auf, er ließ sich von uns aufklären. Ich muß so sieben oder acht gewesen sein, Ulrike elf oder zwölf. Er hat ganz schön gestaunt, denn wir wußten alles. Er verbesserte lediglich unser Vokabular, wir kannten nämlich nur die Straßenausdrücke. Er sagte uns die stubenreinen Wörter für die männlichen und weiblichen Geschlechtsorgane und daß es Geschlechtsverkehr heißt. Das alles ging natürlich nicht ohne Kicherei ab. Dann lotsten wir Vater, ohne daß er es merkte, zum Schweinetunnel. Das war ein aufgeschütteter Bahndamm, durch den führte ein Tunnel. Die Wände zu beiden Seiten waren mit schweinischen Zeichnungen und Inschriften bedeckt, die zu unserem Thema paßten. Ulrike und ich hatten uns vorher nicht abgesprochen, aber beide wollten wir sehen, wie Vater auf diese Malereien im Schweinetunnel reagieren würde.

Als wir ankamen, ließen wir ihm den Vortritt und warteten gespannt, was nun passieren würde. Er rief uns zu sich, nahm mich links, Ulrike rechts, hielt uns die Augen zu und marschierte so mit uns durch den Tunnel.

„Weißt du noch, Mutters Summerarie?“ fragte ich.

Wenn Ulrike sich nach der Disko mal von einem Jungen nach Hause bringen ließ, noch eine Weile mit ihm vor der Haustür stand, dann drückte Mutter erst alle drei Minuten auf den Türöffnerknopf. Kam Ulrike dann immer noch nicht hoch, nahm die Mutter den Finger überhaupt nicht mehr vom Knopf. Das Summen ging dann Ulrike und ihren Freunden so auf die Nerven, daß sie sich nach spätestens fünf Minuten verabschiedeten.

„Kannst du dich an die Sache mit dem Schreibtisch erinnern?“ fragte Ulrike. Erinnerung wird es bei mir wohl nicht sein, denn als das passierte, war ich vielleicht drei oder vier Jahre alt. Aber die Geschichte war so oft in unserer Familie erzählt worden, daß ich überzeugt war, ich könnte mich wirklich daran erinnern.

Im Wohnzimmer stand Vaters Schreibtisch, damals saß er oft bis spät in die Nacht daran und machte „Schularbeiten“, wie wir es nannten, für sein Fernstudium.

Eines Nachmittags hatte ich eine tolle Idee, mit der ich ihm eine große Freude machen wollte. Ich schnitt bunte Bilder aus einer Illustrierten und klebte sie mit Duosan auf die

Vorderfront und an die Seiten des Schreibtisches. Als ich meine Eltern kommen hörte, versteckte ich mich hinter dem Fenstervorhang und wollte die Wirkung meiner Kleberei erleben. Beide kamen ins Zimmer. Meine Mutter rief nach Ulrike, dann nach mir. Daß dies nicht aus Freude geschah, das ahnte ich hinter meinem Vorhang und blieb, wo ich war. Ulrike schwor Stein und Bein, daß sie es nicht gewesen war. Mein Vater schickte sie und Mutter aus dem Zimmer, tat so, als würde er mich suchen, unter der Couch, in der Schrankecke und ganz zuletzt hinter dem Vorhang. Er nahm mich auf den Arm; küßte mich, dann setzten wir uns beide auf den Teppich vor dem Schreibtisch.

„Ist denn das nicht schön?“ fragte ich. Er sah sich Bild für Bild an.

„Doch“, sagte er, „jetzt sieht er sehr schön bunt aus.“

Später, wenn diese Geschichte erzählt wurde, sagte mein Vater immer: „Schimpfen konnte ich nicht, ich wußte schließlich, daß Tina mir eine Freude machen wollte.“

„Weißt du, Tina, wenn ich mal Kinder habe, will ich so mit ihnen umgehen wie Vati und Mutti mit uns.“

Ich habe zwar nichts dazu gesagt, aber das gleiche habe ich mir auch vorgenommen.

Wenn ich im Herbst bei dem Liederabend auftrete, dann möchte ich, daß meine Eltern, Frank und Ulrike in der ersten Reihe sitzen. Und noch in dieser Woche werde ich zum Wohnungsamt gehen, am Freitag nach dem Gesangunterricht.

Frank wird Augen machen, wenn ich ihm schreibe, daß wir für eine Wohnung angemeldet sind. Vielleicht schreibe ich es ihm auch nicht. Die Überraschung ist größer, wenn ich es geheimhalte, bis er zurückkommt. Aber was mir Ulrike verraten hat, kurz vor dem Einschlafen, das werde ich ihm mitteilen:

Ich werde Tante. Ulrike ist schwanger. Ihr Bert weiß es noch nicht. „Bert wird nicht gerade bis an die Decke springen vor Freude“, hatte sie gesagt. Erst wenn er dreißig ist, will er ein Kind haben. Erst mal leben, das ist seine Devise. Da ist Frank anders, Gott sei Dank. Ulrike freut sich, ich freue mich auch, und es ist schon abgemachte Sache, daß Ulrike bei uns entbindet. Eins weiß ich, wenn ich mal ein

Kind kriege, bei uns entbinde ich nicht. Möglicherweise werde ich dabei schreien, und damit würde ich meinen Ruf auf der Station morden. Ulrike ist zwar weicher als ich, aber sie kann sich ungeheuer beherrschen, wenn sie will. Ich kann das nicht.

15

Auf der Station herrschte Hektik. In der Nacht waren acht Babys zur Welt gekommen, sie gesellten sich zu den achtundvierzig, die schon da waren. Tina, Ingrid und Anita hatten alle Hände voll zu tun, die Zeit hatte nicht mal für eine Kaffeepause gereicht. Früh um vier erreichte die Hektik ihren Höhepunkt. Aus dem Kreißsaal kam ein Anruf. Ein Frühgeborenes, das gerade tausendzweihundertvierzig Gramm wog und nur zweiundvierzig Zentimeter lang war, mußte abgeholt werden.

„Auch das noch!“ Ingrid stöhnte.

„Wer holt es?“ fragte Anita.

„Wir können ja knobeln“, sagte Ingrid.

„Ich gehe.“ Tina nahm sich einen kleinen Wäschekorb, legte eine Decke, ein Kissen und eine Windel hinein und machte sich auf den Weg. Das Baby war im Körbchen kaum zu sehen.

Als Tina damit zurückkam, fragte Anita: „Soll ich Berta wecken gehen, allein schaffen wir es nicht. Alle Babys müssen fertiggemacht werden, dein Würmchen muß zur Verlegung vorbereitet werden ...“

„Laß Berta schlafen, ich übernehme das Frühchen, du brauchst bloß für acht Uhr einen Krankenwagen zu bestellen, ich fahre dann auch mit“, sagte Tina.

„Spekulierst wohl auf einen Orden, um acht hast du doch längst Feierabend“, sagte Ingrid.

Tina ging wortlos in das Babyzimmer, stellte das Körbchen vorsichtig auf den Wickeltisch, nahm behutsam das Baby heraus, legte es auf die weiche Unterlage, befreite es von seinen Windeln. Da lag das kleine Mädchen, die Ärmchen vor der Brust angewinkelt, die dünnen roten Beinchen an den Bauch gezogen. Der ganze Körper des Babys war mit feinen Wollhaaren bedeckt, besonders stark an den Schultern und am Rücken, es hatte, wie es bei Frühgeborenen oft vorkam, langes dichtes Haar. Vorsichtig, mit sicheren Handgriffen, wusch Tina es, ölte es ein, legte die Nabelbinde an, säuberte Nase und Ohren von Schleimresten. Bei Frühgeborenen muß alles sehr schnell gehen, damit sie nicht soviel Wärme verlieren. Dabei hielt sie ihre Begrüßungsrede.

„Du hast es aber eilig gehabt, hättest lieber noch zwei Monate warten sollen, wie es sich gehört. Siehst aus wie ein Kolibri. Bist zwar klein und mickrig, aber wir kriegen dich hin. Nachher fahre ich mit dir zur Frühgeborenenstation, da kommst du in den Brutkasten, in zwei, drei Wochen bist du übern Berg. So, nun die Haare gebürstet, und du siehst aus wie Schneewittchen, und später werden sich die Prinzen um dich reißen."

Bevor Tina das Baby in das Körbchen zurücklegte, nahm sie es auf den Arm und drückte sanft das kleine Gesicht an ihre Wange. Dabei überkam sie ein ganz eigenartiges Gefühl: Die zarte Haut des Babys, die geschlossenen Augen, die kleinen Finger mit den Fingernägeln, die noch nicht die Fingerkuppen erreichten, das alles erweckte in Tina ein Gefühl von Beschützenwollen, von Zärtlichkeit und Liebe. Ihr kam die Szene aus dem Buch „Dem Herrgott zuvorkommen" in den Sinn, wo im Ghettokrankenhaus eine Schwester ein Baby gleich nach der Geburt erstickt hatte, um es vor einer schlimmen Zukunft zu bewahren. Tina traten Tränen in die Augen. Sie legte das Baby ins Körbchen und deckte es vorsichtig zu.

Anita kam ins Zimmer. Tina wischte sich gerade die Tränen ab.

„Ist was?" fragte sie.

„Was soll sein?"

„Siehst aus, als hättest du unter Wasser gestanden."

„Quatsch", sagte Tina, „ich gehe jetzt die Transportcouveuse startklar machen." Sie ging an Anita vorbei aus dem Zimmer.

Sie prüfte die Sauerstoffflasche der Transportcouveuse, legte eine neue saubere Unterlage in den Kasten, klappte den Deckel zu und kontrollierte die Innentemperatur. Kurz nach fünf kam Oberschwester Berta, ohne daß sie jemand geweckt hatte.

„Die muß einen fünften Sinn dafür haben, wenn was los ist", tuschelte Ingrid hinter Bertas Rücken. Oberschwester Berta besah sich das Frühgeborene, war zufrieden, wie es versorgt war, und fragte Tina: „Hat sich schon jemand um die Transportcouveuse gekümmert, ist der Krankenwagen für die Verlegung bestellt?"

„Alles erledigt", sagte Tina.

In Oberschwester Bertas Gesicht zeigte sich die Spur eines Lächelns. Tina hatte das Lächeln bemerkt. Irgendwann muß ich dich mal lachen sehen, dachte sie.

Kurz bevor die Frühschicht zur Ablösung kam, ließen sich die drei Schwestern ziemlich erschöpft in die Sessel im Schwesternzimmer fallen. Keine sagte ein Wort. Mit einem Tablett, auf dem drei Tassen Kaffee dampften, kam Oberschwester Berta in den Raum. Sie stellte das Tablett auf den Tisch.

„Den habt ihr euch heute redlich verdient", sagte sie barsch. Die drei Mädchen sahen sich überrascht an. „Ich kläre mit dem Frühdienst, wer das Frühchen zur Frühgeborenenstation ins Krankenhaus Friedrichsberg bringt", sagte Berta und wollte aus dem Zimmer gehen.

„Ich würde es gern machen", sagte Tina.

„Sie müssen doch müde sein", sagte Oberschwester Berta.

„Ich fahre anschließend zu meinen Eltern und schlafe den ganzen Tag", sagte Tina.

„Na gut, wenn Sie wollen", sagte Schwester Berta.

Tina fiel ein, daß sie zu Hause gar nicht reinkam, weil sie keinen Wohnungsschlüssel mitgenommen hatte. Kurz nach sechs rief sie zu Hause an. Ihre Mutter versprach, den Schlüssel unter der Fußmatte zu deponieren und den Frühstückstisch zu decken.

Punkt acht stand Tina mit dem Frühgeborenen in der Couveuse bereit. Der Volvo-Krankenwagen kam Punkt acht. Der Krankenwagenfahrer half ihr, die Couveuse zu tragen. Um halb neun waren sie im Krankenhaus Friedrichsberg. „Wenn du dich beeilst, Schwesterlein, bringe ich dich wieder zurück", sagte der Fahrer.

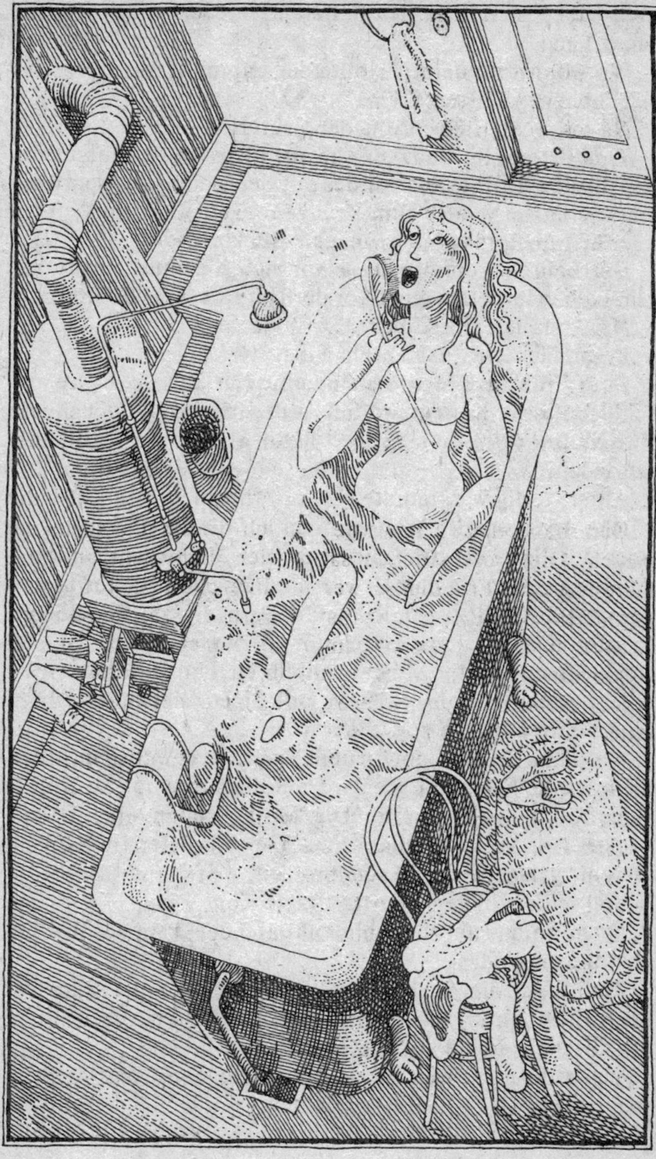

„Ich habe Feierabend, ich fahre anschließend nach Hause“, sagte Tina.

„Wo wohnst du denn?“ wollte der Fahrer wissen.

„Schöneweide“, sagte Tina.

„Na los, beeil dich“, sagte der Fahrer.

Tina lieferte ihr Baby ab, sah zu, wie es in den Inkubator, den Brutapparat, gelegt wurde, mit der leeren Transportcouveuse ging sie wieder zum Krankenwagen. „Die müssen wir aber erst noch ins Krankenhaus zurückbringen.“

Der Fahrer brummte etwas vor sich hin und brauste los. Um halb zehn setzte er sie vor der Haustür ihrer Eltern ab.

„Na, krieg ich ein Küßchen?“ fragte der Fahrer.

„Beim nächsten Mal“, sagte Tina.

Zum Frühstück legte sie sich eine Cat-Stevens-Platte auf, schlürfte ihren Kaffee und biß in die frischen Brötchen, die ihre Mutter extra für sie geholt hatte. Sie war erschöpft, aber zufrieden.

Als sie fertig war, räumte sie das Frühstücksgeschirr in die Küche, legte sich im Wohnzimmer auf die Liege, wollte sich noch die Platte bis zum Ende anhören. *Morning has broken* – das Lied hatten sie damals auf ihrer Englandtournee gesungen ... Bilder stiegen in ihr auf: ein großer Saal, der Bürgermeister mit der Frau Gemahlin in der ersten Reihe, der Buckinghampalast, Soldaten mit ihren Bärenfellmützen ... Alles verschwamm in warmem, milchigem Nebel, durch den eine sanfte Melodie zog. Sie schlief ein.

Als Tinas Mutter am späten Nachmittag von der Arbeit nach Hause kam, fand sie Tina auf der Liege vor, so wie sie sich früh hingelegt hatte. Die Mutter nahm eine Decke, deckte Tina vorsichtig damit zu. Tina wurde erst wach vom Geschirrgeklapper zur Abendbrotzeit.

„Soll ich dir helfen, Mutti?“ fragte sie.

„Nicht nötig, kannst nachher abwaschen“, kam aus der Küche die Antwort.

Tina legte die Schlafdecke zusammen, im Korridor vor dem Spiegel blieb sie stehen. „Hast du was dagegen, wenn ich dusche?“ fragte sie ihre Mutter.

„Wenn du nicht wieder das ganze Bad unter Wasser setzt, meinetwegen.“

Sie saß in der Wanne, ließ das warme Wasser aus der Dusche über ihren Körper laufen, eine angenehme Leichtigkeit zog durch die Haut ins Innere ihres Körpers. Sie fing an zu singen, ein Lied, das der Vater ihr und Ulrike, als sie Kinder waren, vorgesungen hatte. Während sie es jetzt sang, erinnerte sie sich, daß sie es mal bei einer Chorprobe gesungen hatte, als der Dirigent jeden aufforderte, doch mal ein Lied vorzusingen, das ihm besonders gefiel. Der Erfolg war unterschiedlich gewesen. Die anwesenden Erwachsenen und die älteren Chorkinder hatten gelacht, die jüngeren blieben unberührt. Tina hielt sich die Badebürste wie ein Mikrofon vor den Mund und sang gurgelnd:

Auf der blauen Donau
schwamm ein Krokodil,
wackelt mit dem Schwanze,
weiß nicht, was es will …

„Was ist?“ rief die Mutter aus der Küche.

Tina sang weiter:

Eine alte Frau
weiß es ganz genau,
was das Krokodil
mit dem Schwanze will.

„Du mußt schon lauter reden, Tina, ich verstehe kein Wort“, rief die Mutter wieder aus der Küche.

Tina stellte sich hin, seifte ihren Körper ein, dabei besah sie sich in dem großen Spiegel, der neben der Wanne an der Wand hing. Erst betrachtete sie ihr Profil: Gesicht, Brüste, Bauch und Oberschenkel, den Rest verdeckte die Badewanne. Dann wandte sie dem Spiegel den Rücken zu, drehte den Kopf über die Schulter: die Schulterpartie, die Hüften, die eine schmale Taille formten – nicht ganz wie die Loren, aber auch nicht wie die Hexe Babajaga, fand sie. Sie spülte die Seife von der Haut. Ein Glücksgefühl durchströmte sie. Sie schrie aus Leibeskräften, wie es Liza Minelli nicht besser gekonnt hätte. Ihre Mutter kam angerannt, riß die Badtür auf. „Bist du verrückt geworden, so ein Geschrei, ich dachte, dir wäre was passiert.“

Lächelnd rekelte sich Tina unter dem warmen Strahl der Dusche. Über der Schulter der Mutter tauchte der Kopf des Vaters auf. „Wenn ich mich nicht irre, war das der Minelli-Schrei. Stimmt's?“

„Genau“, sagte Tina.

„Solltest du auch mal ab und zu machen, Elfi“, sagte Tinas Vater und legte dabei seiner Frau die Hände auf die Hüften.

Lächelnd sagte die Mutter: „Ich wußte schon immer, daß ihr beide verrückt seid.“

Beim Abendbrot erzählte Tina ausführlich von dem Frühgeborenen, das sie morgens ins Friedrichsberger Krankenhaus gebracht hatte.

„Weißt du, daß ich mich sehr getäuscht habe“, sagte der Vater.

„Wieso?“ fragte Tina.

„Ich hätte nie geglaubt, daß du so mit Leib und Seele Krankenschwester werden würdest.“

„Hab ich auch nicht gedacht“, gab Tina lachend zu.

Nach dem Essen besorgten Tina und ihr Vater den Abwasch.

„Was macht dein Frank?“ fragte der Vater.

Tina erzählte ihm von Franks Besuch am Wochenende, auch davon, daß zwischen ihnen eine eigenartige Fremdheit gewesen war. Dazu äußerte er sich nicht.

„Wann mußt du zum Dienst?“ fragte er.

„Heute nacht habe ich frei, morgen abend muß ich wieder zum Nachtdienst antanzen“, sagte Tina.

„Dann werden wir uns einen anständigen Tee brauen, und du legst Musik dazu auf. Ist das 'ne Idee?“

Als sie mit dem Abwasch fertig waren, ins Wohnzimmer kamen, hatte Tinas Mutter schon die Teetassen auf dem Tisch stehen und öffnete gerade eine Packung Kekse.

Tinas Vater zog ein Doppelalbum aus dem Plattenfach, reichte es Tina.

Elvis forever – 32 Hits stand auf der Hülle.

„Wie seid ihr denn dazu gekommen?“ fragte Tina.

„Du wirst es nicht glauben, die hat deine Mutter gekauft.“

„Irre“, sagte Tina und nahm eine Platte heraus, legte sie auf den Plattenspieler. *My Baby left me* sang Elvis.

„Das waren noch Zeiten“, sagte Tinas Vater und hob das Teeglas. Tina versuchte sich vorzustellen, wie es ausgesehen haben mochte, wenn ihr Vater und ihre Mutter Rock ’n’ Roll tanzten. Sie lachte.

„Warum lachst du?“ fragte der Vater.

Tina sagte es.

„Na, paß mal auf“, er stand auf und zog seine Frau hoch.

„Laß doch den Blödsinn“, die Mutter widersetzte sich zuerst, gab aber bald nach.

Was sie dann tanzten, war zwar eine gemäßigte Variante des Rock ’n’ Roll, aber es war zu sehen, daß sie es konnten.

Die Klingel an der Korridortür unterbrach die Vorführung.

„Das wird sicher Ulrike sein“, sagte die Mutter.

Tina ging zur Tür, um zu öffnen. Tinas Jubelschrei ließ vermuten, daß es jemand anders als Ulrike war. Es blieb eine Weile still, dann schob Tina einen Mann ins Zimmer: Käppi, darunter ein ölverschmiertes Gesicht, Armeetarnjacke, graue Hosen, die in Stiefeln steckten. Es war Frank.

„Das ist ja eine Überraschung“, begrüßte ihn Tinas Mutter.

„Wo kommst du denn her, Junge?“ fragte Tinas Vater.

„Er hat ein Bad nötig“, bestimmte Tina.

Nach dem Baden aß Frank mit Appetit, was Tina für ihn zurechtgemacht hatte. Er sah nun ziviler aus, trug einen Pullover und eine Hose von Tinas Vater.

Er erzählte, daß er eigentlich erst morgen früh von Teterow hätte zurückfahren müssen, aber die Werkstatt war mit dem Einbau der Heizungen schon heute mittag fertig geworden. Da war ihr Feldwebel auf die Idee gekommen, gleich abzufahren, in Berlin zu übernachten und morgen früh nach Stückow zu fahren, um acht wollten sie im Objekt sein, das war immerhin zwölf Stunden früher als geplant. Sie wollten sagen, sie seien die Nacht durchgefahren.

„Und wenn rauskommt, daß ihr gemogelt habt?“ fragte Tinas Vater.

„Dann gibt es Ärger“, sagte Frank, „aber es wird schon nicht. Morgen früh um halb sechs breche ich auf, hole meinen Feldwebel aus Köpenick ab. Die Kumpel mit dem anderen Wagen treffen wir um sieben an der Autobahnauffahrt bei Erkner."

Tinas Vater füllte zwei Gläser mit Weinbrand.

„Darauf, daß sie euch nicht auf die Schliche kommen." Er stieß mit Frank an. Dann zogen sich Tina und Frank in das Mädchenzimmer zurück.

Tinas Liege war schmal, aber was machte das.

„Du duftest wie ein Frühlingsblumenstrauß", flüsterte ihr Frank ins Ohr.

„Die Seife für den Filmstar", antwortete sie.

„Freust du dich, daß ich hier bin?" fragte Frank.

„Wenn es rauskommt, daß ihr von der Route abgewichen seid, und sie euch in den Bau stecken?"

„Ist mir die Sache wert", sagte Frank.

Tina spürte seine rauhen Hände auf ihrer Brust, und nichts existierte mehr um sie herum, nur Frank. Sie fühlte sich ihm so nahe wie lange nicht.

Später fragte Frank: „Schläfst du?"

„Wollen wir zusammenziehen, wenn du von der Fahne zurück bist?" fragte Tina.

„Nichts lieber als das", sagte Frank, „aber wo wollen wir hinziehen? Zu meinen Eltern, das können wir vergessen. Zu deinen Eltern, das wäre auch keine Lösung. Und zu dir ins Schwesternheim ..."

„Wir suchen uns ein Zimmer", sagte Tina.

„Oder eine schwervermietbare Bruchbude, die baue ich zu einem Luxusappartement aus", flüsterte Frank.

Tina zeichnete mit ihrem Zeigefinger seine Lippen nach, dann die Augenbrauen, und wieder versank die Welt um sie.

Die Kirchturmuhr schlug eins. „Weißt du, Tina, ich finde es gut, daß du wieder Gesangunterricht nimmst", sagte Frank.

„Glaube ich nicht", sagte Tina.

„Ich gebe zu, erst war ich nicht dafür, ich hatte Angst."

„Wovor?" fragte Tina.

„Daß du in einer anderen Welt leben könntest, und ich ..."

„Blöder Kerl", sagte Tina und schloß ihm den Mund mit einem langen Kuß.

Als die Kirchturmuhr zwei schlug, stand Frank auf, ging ans Fenster, sah nach seinem Riesentatra, den er auf der gegenüberliegenden Straßenseite geparkt hatte.

„Denkst du, den klaut dir einer?“ fragte Tina.

Gegen vier schliefen sie ein. Um fünf klingelte der Wekker. Tina zog sich den Bademantel ihres Vaters über, machte für Frank einen starken Kaffee und ein paar Schnitten. Sie frühstückten im Wohnzimmer.

„Die größte Sensation habe ich dir noch gar nicht erzählt: Ulrike kriegt ein Baby“, sagte Tina.

„Und, freut sie sich darauf?“

„Sie schon, aber Bert wohl nicht“, sagte Tina.

„Dann ist er ein Idiot“, sagte Frank, „ich würde vor Freude an die Decke springen.“

Um halb sechs startete Frank den Motor seines Tatra, Tina stand am Fenster. Frank winkte ihr zu, bevor sein Wagen um die Ecke fuhr. Tina legte sich wieder hin. Sie war glücklich, daß diese Nacht ganz anders gewesen war als die letzte gemeinsame. Sie schlief zufrieden ein, hörte nicht, wie ihre Eltern aufstanden, in der Küche rumorten und aus dem Haus gingen. Als sie erwachte, schien die Sonne ins Fenster. Das mußte der erste Frühlingstag sein.

Tina fand einen Zettel auf der Flurgarderobe:

Sei so nett, Tina, und beziehe alle Betten. Nachmittags könntest Du mal zu Ulrike rumgehen, irgendwas stimmt mit ihr nicht. Vielleicht sagt sie es Dir, ich kriege kein Wort aus ihr heraus.

Mutti

Tina machte sich an die Arbeit, als sie mit den Betten fertig war, bohnerte sie die Küche, anschließend saugte und wischte sie Staub. Und was ihr bei solcher Arbeit noch nie passiert war, sie machte Spaß.

Nachmittags ging Tina zu Ulrike. Schon an der Tür sah sie, daß Ulrike geweint hatte. Als sie beim Kaffee saßen, fragte Tina direkt: „Was ist los mit dir?“

„Was soll los sein, nichts“, sagte Ulrike und fing an zu weinen. „Bert“, schluchzte sie plötzlich, „ich hab ihm das mit dem Baby gesagt.“

„Und?“

„Er will es nicht. Nicht jetzt, hat er gesagt."
„Was wirst du machen?"
„Ich will es behalten", sagte Ulrike.
„Soll ich mal mit Bert reden?"
„Das hat keinen Sinn", sagte Ulrike mutlos.
„Ich nehm ihn mir vor." Das klang wie ein unumstößlicher Beschluß.
„Was werden Vati und Mutti dazu sagen?" fragte Ulrike.
„Was ist das für eine Frage; freuen werden sie sich, da bin ich ganz sicher."
Ulrike hatte sich etwas beruhigt, sie lächelte sogar wieder.
„Ich habe schließlich meine Erfahrungen. Was meinst du, was man alles auf meiner Station von den Frauen hört. Manche jungen Väter haben sich gesträubt bis zuletzt, haben gedroht, sich von den Mädchen zu trennen. Dann mußt du sie mal sehen, wenn ich ihnen ihr Baby zeige. Da benehmen sie sich wie die Verrückten. Nein, Bert wird keine Ausnahme sein", sagte Tina.
„Tu mir einen Gefallen, Tina, rede nicht mit ihm, ich muß es allein durchstehen."
„Wie du willst, wenn du Angst hast, daß ich ihn in der Luft zerreiße", sagte Tina. „Und jetzt werden wir dich erst mal renovieren, du siehst nämlich wie ein welkes Alpenveilchen aus."
Sie gingen in die Küche, wuschen sich gegenseitig das Haar, fönten es. Als Tina mit dem Fönen fertig war, hielt sie Ulrike den Spiegel hin. „Locker, weich und bauschig, jetzt noch etwas Farbe ins Gesicht, und du kannst zum Film gehen", sagte Tina. Ulrike mußte lachen. Tina schüttete den Inhalt ihrer Handtasche auf den Küchentisch und machte sich mit Make-up, Lidschatten und Lippenstift über Ulrike her, die alles über sich ergehen ließ. Tina trat einen Schritt zurück, besah sich prüfend ihr Werk.
„So, jetzt bist du dran", sagte Ulrike und drückte Tina auf den Stuhl. Unter Kichern und Gelächter veränderte sich nun auch Tinas Aussehen.
Als Tina sich verabschiedete, sagte Ulrike: „War schön, daß du gekommen bist, Tina, du hast mich aufgemöbelt, nicht nur äußerlich."

Mit diesen letzten vierundzwanzig Stunden war Tina zufrieden. Sie fuhr ins Krankenhaus, legte sich hin, schlief bis kurz vor zehn und ging dann runter zur Station.

An nächsten Tag war wieder Gesangunterricht. Frau Schulze-Müller-Bergau gab Tina sechs Notenblätter für die Lieder, die sie für das Herbstkonzert einstudieren wollten. Nach den stimmbildnerischen Übungen – mimimi mimi mimi, lala la la lala –, die immer die ersten zwanzig Minuten des Unterrichts ausfüllten, begann Frau Schulze-Müller-Bergau mit dem Einstudieren des ersten Liedes für das große Konzert, des „Ave-Maria“ von Schubert.

Tina war unkonzentriert, ihre Lehrerin merkte es.

„Was ist los mit dir, Mädchen?“

Tina war in Gedanken auf dem Wohnungsamt, wo sie anschließend hingehen wollte. Sie dachte darüber nach, in welchen düsteren Farben sie ihre Wohnumstände und -zustände schildern sollte, um das Herz der Wohnraumverteilungsamtsmitarbeiter zu erweichen. Tina versuchte sich zu konzentrieren, aber mit bescheidenem Erfolg. „Ich will gleich anschließend zum Wohnungsamt, und mein Hals muß etwas entzündet sein“, sagte sie entschuldigend, als sie mit dem Ton ihrer Stimme mal wieder auf einer anderen Höhe lag als Frau Schulze-Müller-Bergau mit ihrem Klavierton.

„Dann machen wir für heute Schluß, du gehst zu diesem Amt, und zu Hause gurgelst du ein bißchen. Viel Erfolg wünsche ich dir, Kindchen.“

Tina zog mit ihren Notenblättern unterm Arm ab.

„Ihren Personalausweis bitte, wohin wollen Sie?“ Tina fummelte den Ausweis aus ihrer Tasche, zeigte ihn der Frau in der Pförtnerloge und sagte: „Ich will einen Antrag auf eine Wohnung stellen!“

„Zimmer vierhundertdreizehn, vierter Stock, links.“

In dem Gang im vierten Stock standen und saßen etwa dreißig bis vierzig Leute vor den Türen mit den Nummern vierhundertdreizehn bis vierhundertsiebzehn. Tina zögerte einen Augenblick, legte ihre Hand auf die Türklinke von Nummer vierhundertdreizehn. Das löste ein bösartiges Gemurmel bei den Leuten aus.

„So nicht, Fräuleinchen, wir warten hier alle …“

„Ich will doch bloß ...“

„Bloß, das wollen wir alle bloß“, sagte ein Mann in mittlerem Alter, alle lachten, aber es war kein fröhliches Lachen.

Tina fragte: „Wer war der letzte?“

„Ich“, sagte eine junge Frau, die ein Kind auf dem Arm hatte. Tina stellte sich neben die junge Frau, die müde und erschöpft aussah. Sie kamen ins Gespräch. Tina erfuhr, daß sie mit zwei kleinen Kindern und ihrem Mann in einer Wohnung lebte, die aus einer Stube, einer im Winter unbenutzbaren Küche und einem Außenklo bestand. Tina spürte, daß die Frau mit den Nerven am Ende war. Sie würde jede Woche hierherkommen, erzählte sie, aber eine Wohnung sei nicht in Sicht.

„Wo sie doch soviel bauen, ich verstehe das nicht“, setzte sie hinzu. Tina sah, daß sie Tränen in den Augen hatte. Tina bekam ein schlechtes Gewissen. Die Frau weinte lautlos vor sich hin. Tina nahm ihr das Kind ab. Die Frau sah Tina dankbar an. Dann wurde sie ins Zimmer vierhundertdreizehn gerufen. „Ich drücke Ihnen die Daumen, damit es klappt“, sagte Tina. Sie umschloß in der Manteltasche mit den Fingern ihren Daumen und dachte dabei: Sie sollen ihr eine Wohnung geben, sie sollen ihr eine Wohnung geben ...

Als die Frau nach zehn Minuten aus dem Zimmer herauskam, konnte man ihr ansehen, daß sie etwas Gutes gehört hatte. Lächelnd kam sie auf Tina zu. „Ihr Daumendrücken hat geholfen, bis September sollen wir eine Dreiraumwohnung kriegen, in der nächsten Woche kriegen wir es schriftlich“, sagte sie. Nun ging Tina durch die Tür. Hinter einem Schreibtisch, der über und über mit Schnellheftern und Aktendeckeln bedeckt war, saß eine grauhaarige Frau.

„Sie wünschen?“

„Ich möchte einen Antrag für eine Wohnung stellen.“

„So. Sie wohnen bei Ihren Eltern zu Hause?“

„Nein, ich habe ein Zimmer im Schwesternwohnheim.“

„Verheiratet, Kinder?“

„Weder – noch“, sagte Tina.

„Soso, dann gehören Sie in die Kategorie ‚Versorgt‘. Wissen Sie, wir haben hier Fälle, die sind wirklich katastrophal ...“

„Ich weiß", sagte Tina, „aber mein Verlobter ist bei der Armee, wenn er zurückkommt, wollen wir heiraten, Kinder wollen wir dann auch, das geht nicht in meinem Zimmer im Schwesternheim ..."

Die grauhaarige Frau reichte Tina ein Antragsformular über den Aktenberg.

„Hier, füllen Sie das aus, schicken Sie es her, aber machen Sie sich keine Hoffnungen. Mit fünf bis sieben Jahren Wartezeit müssen Sie rechnen. Es sei denn, Ihr Krankenhaus oder der Betrieb Ihres zukünftigen Mannes kann da etwas machen."

Sonderlich deprimiert war Tina nicht, als sie das Rathaus verließ. Sie spürte sogar etwas wie Mitleid mit der Frau hinter dem Schreibtisch, die so viel mit den Problemen anderer Leute konfrontiert wurde. Mehr, als ein Antragsformular in die Hand gedrückt zu bekommen, hatte Tina nicht erwartet.

Als sie am Pförtnerhäuschen vorbeikam, hielt der alte Thieme seine Hand mit einem Brief aus dem kleinen Fensterchen. Es war ein Eilbrief. Tina befürchtete, es würde eine unangenehme Nachricht in dem Kuvert stecken.

Oben in ihrem Zimmer riß sie das Kuvert auf und las:

Liebe Tina,
Du wirst es nicht glauben, ich bin ein Held, das heißt nicht nur ich, sondern auch meine Kumpel, die mit dem anderen Tatra auf Reparaturtour waren. Wir haben uns genau um sieben Uhr an der Autobahnauffahrt Erkner getroffen, Punkt acht brummten wir durch das Kasernentor. Unser Oberleutnant hat nicht schlecht gestaunt, daß wir zwölf Stunden früher da waren, als er uns erwartet hatte. Das ist eine Leistung, Jungs, daß ihr die ganze Nacht durchgefahren seid, ehrlich, das hätte ich euch nicht zugetraut. Wir haben uns eins gefeixt, kannst du dir denken. Wenn er geahnt hätte, daß wir die Nacht in Berlin Holiday gemacht haben, hätte er wohl eine andere Rede gehalten. Jedenfalls bekamen wir den Tag dienstfrei, deshalb schreibe ich Dir auch gleich diesen Brief. Weißt Du, was das schärfste ist? Beim nächsten Appell bekommen wir ein Lob ausgesprochen und werden vor der Regimentsfahne fotografiert. Das Foto schicke ich Dir. Wenn wir auch ein bißchen gemogelt haben, immerhin sind wir schließlich wirk-

lich zwölf Stunden früher als geplant wieder im Objekt gewesen. Wir haben also nicht mal ein schlechtes Gewissen.

Weißt Du, was ich Dir noch sagen will? Die Nacht bei Dir zu Hause war für mich wichtig, weil an dem Wochenende, als ich bei Dir im Krankenhaus war, irgend etwas zwischen uns lag, was ich mir immer noch nicht erklären kann, obwohl ich lange darüber nachgedacht habe. Nach unserer letzten Nacht werde ich nicht mehr darüber nachdenken. Ich hoffe, Du tust es auch nicht ...

Wenn Du willst und Zeit hast, kannst Du am nächsten Wochenende nach Stückow kommen, ich werde Ausgang haben. Tu mir einen Gefallen, Tina, bringe unbedingt Odette mit. Sie hat ihrem Bernd ein paar komische Briefe geschrieben, der Junge fängt an durchzudrehen.

Einen so langen Brief wollte ich eigentlich gar nicht schreiben, schließlich bin ich müde, immerhin, wir sind die ganze Nacht durchgefahren.

Ich freue mich auf das nächste Wochenende, bis dahin wünsche ich Dir viele schöne, gesunde Babys.

Es grüßt Dich
Dein Frank

PS: Herzliche Grüße an Deine Eltern und an Ulrike.

Bevor Tina kurz vor zehn zur Station runterging, breitete sie ihr Bettzeug auf der Liege aus, um am nächsten Morgen gleich ins Bett gehen zu können. Auf das Kopfkissen legte sie Franks Brief, vor dem Einschlafen wollte sie ihn noch mal lesen.

Auf dem Flur der Wöchnerinnenstation lief sie Belmondo in die Arme.

„Wenn das keine Fügung des Schicksals ist, Schwesterlein, daß wir beide zusammen Nachtdienst haben, dann will ich Moses heißen. Aus uns beiden wird doch noch ein Paar.“ Er faßte Tina um die Taille.

Tina entzog sich ihm. „Das glaube ich nicht, Herr Moses“, sagte Tina und verschwand durch die Tür zur Neugeborenenstation. Am Montag rief Tina bei Odette im Schuhgeschäft an. Sie machte ihr den Vorschlag, am Wochenende zusammen nach Stückow zu fahren. Odette schien nicht besonders begeistert davon zu sein.

„Bei mir hat sich was Neues ergeben“, sagte sie, „vielleicht fahre ich überhaupt nicht mehr nach Stückow."

Tina redete eine ganze Weile auf sie ein, sie einigten sich, daß Odette am Freitag bei Tinas Eltern anrufen und sagen sollte, ob sie am Sonnabend mitkommen würde.

Tina fand es gemein, daß Odette ihren Soldaten im Stich ließ. Sie war sicher, daß Odette am Freitag nicht anrufen würde. Sie irrte sich. Odette rief am Freitagabend an und sagte, sie würde mitkommen. „Ein Bekannter fährt uns mit seinem Wagen hin, um elf stehen wir vor deiner Haustür, er fährt uns auch wieder zurück", sagte sie.

Am Sonnabend um drei Viertel elf hupte ein Auto vor der Haustür. Tinas Mutter sah aus dem Fenster. „Es ist ein Wartburg", sagte sie, „der wartet wohl auf dich." Tina griff sich ihre Tasche und ging hinunter. Als sie aus der Haustür kam, sah sie, wie sich Odette und der Fahrer des Wartburg küßten. Irgendwie kam ihr der Mann bekannt vor. Ledermütze, braungebrannt, etwa Mitte Dreißig. Er hatte Ähnlichkeit mit dem Mann, der sie vor ein paar Wochen von Königs Wusterhausen nach Stückow mitgenommen hatte. Odette machte die hintere Tür auf, Tina stieg ein. Der Mann mit der Ledermütze reichte seine Hand nach hinten und sagte: „Lange nicht gesehen und doch wiedererkannt." Als Tina seine Stimme hörte, gab es für sie keinen Zweifel mehr: Es war der Playboy, der sie damals mitgenommen hatte.

Während der Fahrt schwieg Tina. Sie konnte nicht begreifen, was sie sah. Der Ledermützenmensch fummelte unentwegt mit seiner Hand an Odettes Knie und Schenkel herum, und Odette schien das nichts auszumachen, ab und zu legte auch sie ihre Hand auf seinen Schenkel. Tina schloß die Augen, tat, als schlafe sie. Sie versuchte sich vorzustellen, was in Stückow passieren würde.

In Stückow, kurz bevor sie um die letzte Ecke biegen mußten, sagte Odette: „Halt hier mal an, den Rest gehen wir zu Fuß, und um fünf holst du uns wieder ab."

„Na, dann viel Spaß, Mäuschen", sagte der Ledermützenmensch und griente. Grußlos verließ Tina das Auto und bog um die Ecke, ohne sich nach Odette umzusehen. Nach einer Weile holte Odette sie ein. „Du hast einen Schritt am Leibe, wart doch mal. Bevor wir die Jungs treffen, muß ich dir was erklären", sagte sie.

„Du mußt mir überhaupt nichts erklären, ich habe genug gesehen. Das Erklären heb dir für Bernd auf", sagte Tina, ohne ihr Tempo zu verlangsamen.

„Du siehst da was völlig falsch, Mädchen, dieser Dieter ist 'n Kumpel, nichts weiter."

„Mir mußt du das nicht sagen, erzähl das deinem Bernd", sagte Tina eisig.

„Ich kann mich beherrschen." Odette lachte.

Tina sah Frank und Bernd am Kasernentor stehen. Als sie die Mädchen entdeckten, kamen sie ihnen entgegen. Odette lief auf Bernd zu, fiel ihm um den Hals.

Tina mußte sich Mühe geben, Frank wie gewohnt zu begrüßen, weil sie gern vermieden hätte, daß ihre Begrüßung so aussah wie Odettes.

„Mit den beiden scheint doch alles in Ordnung zu sein", sagte Frank und nickte Odette und Bernd zu.

„Wenn du wüßtest, würdest du anders reden."

Frank sah Tina verständnislos an.

„Und nun, General, wohin gehen wir?"

„Wir dachten, wir laden euch zu einem Waldspaziergang und anschließend in das kleine Café am Bahnhof ein."

„Was heißt: wir?"

„Bernd und ich, dich und Odette.".

„Ich will mit der nichts zu tun haben", sagte Tina.

„Wie willst du das Bernd beibringen?" fragte Frank.

Sie gingen in den Wald, Odette und Bernd folgten ihnen. Der Abstand wurde immer größer, weil Odette andauernd stehenblieb und Bernd küßte. Als sich Frank nach einer Weile umdrehte, waren sie nicht mehr zu sehen.

„Vielleicht sollten wir auf sie warten", sagte Frank.

Sie setzten sich ins Moos, und Tina erzählte Frank, was sich auf der Herfahrt abgespielt hatte.

„Wenn Bernd das mitkriegt, dann dreht er durch", sagte Frank.

„Weißt du, wo ich gestern war?" fragte Tina.

„Im Kino?"

„Nein, auf dem Wohnungsamt."

„Geben sie uns ein Luxusappartement?"

„Einen Antrag hab ich gestern abend gleich ausgefüllt. Mit ein bißchen Glück bekommen wir in etwa fünf bis sieben

Jahren eine Wohnung."

Weiter konnte sie nicht reden, Odette kam angelaufen und zog Bernd hinter sich her. „Wenn man euch so dasitzen sieht, könnte man denken, ihr habt euch gerade vor fünf Minuten kennengelernt", sagte sie und steckte ihre Bluse in den Rock, wobei sie vielsagend lachte.

„Miststück", murmelte Tina.

Als sie in dem kleinen Café am Bahnhof saßen, forderte Odette Tina auf, mit zur Toilette zu kommen. Tina konnte sich schon denken, worum es ging.

„Hör mal, wir müssen uns langsam abseilen. In 'ner knappen Stunde wartet Dieter auf uns an der Hauptstraße."

„Auf dich wartet er, nur auf dich, ich fahre mit der Bahn zurück", sagte Tina bestimmt.

„Das kannst du nicht machen, wenn ich allein abhaue, wie soll ich Bernd das erklären?"

Odette sah ziemlich hilflos aus.

„Das ist dein Problem", sagte Tina mitleidlos.

„Du bist mir vielleicht eine Freundin."

„Deine Freundin bin ich nicht", sagte Tina.

Je näher der Zeiger der Uhr auf die Fünf vorrückte, um so unruhiger wurde Odette. Tina freute sich im stillen und war gespannt, was Odette tun würde. Eine Viertelstunde vor fünf machte Odette einen letzten Versuch.

„Also, Jungs, wir machen uns jetzt auf die Socken, an der Hauptstraße fangen wir uns ein Auto, und ab geht die Post. Ihr könnt ja noch in Ruhe ein paar Bierchen trinken und fliegt dann in die Kaserne ein", sagte sie und wartete auf Tinas Reaktion.

„Ich fahre mit dem Zug um halb sieben", sagte Tina.

Frank drückte ihr unterm Tisch die Hand.

Odette gab sich geschlagen.

„Okay, fahren wir eben mit dem Zug."

Als die Jungs sie zum Zug brachten, kamen sie an dem Wartburg vorbei, in dem der Ledermützenmensch saß.

Odette startete einen allerletzten Versuch. „Ihr müßt nicht warten, bis der Zug kommt, ihr könnt ruhig gehen."

„Das hört sich an, als ob du uns los sein willst", sagte Bernd.

„Wie kommst du darauf?" fragte Odette, küßte Bernd, dabei sah sie zu dem Wartburg hin.

Der Zug kam, die Mädchen stiegen ein, der Zug fuhr ab. Frank und Bernd winkten, bis der letzte Wagen außer Sichtweite war.

Odette zog ruckartig das Fenster hoch, sah Tina wütend an und sagte: „Dämliche Kuh." Sie nahm ihre Tasche von der Sitzbank und ging ins Nebenabteil. Tina mußte lachen.

Auf dem Bahnsteig in Königs Wusterhausen stand der Wartburgfahrer. Tina sah, wie Odette auf ihn zurannte, sich bei ihm einhängte und beide in Richtung Bahnhofsvorplatz verschwanden.

16

Am Montag der vorigen Woche hatte ich Halsschmerzen. Hatte ich übrigens öfter in der letzten Zeit, meistens, wenn mich Frau Schulze-Müller-Bergau anderthalb Stunden hintereinander singen ließ und mich dabei durch alle Tonlagen jagte. Nach ein oder zwei Tagen war es wieder gut. Diesmal dauerte es länger. Ich ging zu dem Arzt, zu dem ich immer gegangen bin, als ich im Chor war. Er konnte sich noch an mich erinnern.

„Na, du Singamsel", fragte er, „wo tut's weh?"

„Im Hals sitzt es", sagte ich.

Als er mit der eingehenden Besichtigung meines Halses fertig war und mir Tabletten verschrieben hatte, fragte er mich, was ich denn jetzt so treibe. Ich erzählte ihm, daß ich wieder Gesangunterricht nähme und, wenn alles klappte, Opernsängerin würde.

Er sah mich nachdenklich an und sagte: „Mach noch mal deinen Mund auf." Er drückte meine Zunge runter, leuchtete mir mit einer Taschenlampe in den Hals, schob einen Spiegel so weit in meinen Schlund, daß ich Brechreiz verspürte. Als er mit allem fertig war, steckte er sich eine Zigarette an.

„Das kannst du dir abschminken, Mädchen, mit deinen Stimmbändern wirst du nie längere Partien singen können. Tut mir leid, daß ich dir das sagen muß."

Ich glaubte ihm nicht. Schließlich hatte ich während meiner ganzen Chorzeit nie Probleme mit meinen Stimmbändern gehabt.

Am Freitag erzählte ich meiner Gesanglehrerin, was der Arzt gesagt hatte. Frau Schulze-Müller-Bergau glaubte es auch nicht. Trotzdem ging sie mit mir zu einem Spezialisten der Charité.

Der Herr Professor untersuchte mich genau. „Es hat keinen Sinn, mit diesen Stimmbändern eine Sängerinnenkarriere anzustreben, lange Partien können Sie damit nicht durchstehen“, sagte er.

Als wir wieder draußen im Warteraum standen, versuchte Frau Schulze-Müller-Bergau mich zu trösten. „Kindchen, so schlimm ist das nicht. Es muß ja nicht die Oper sein, Liedersängerin ist auch was sehr Beachtliches, orientieren wir uns darauf“, sagte sie.

Liedersängerin werden, weil es für was anderes nicht reichte, nein, das will ich nicht. Das wäre nicht die Erfüllung meines Traumes, eine Notlösung wäre das.

„Wenn's nicht für große Partien reicht, dann will ich gar nichts“, sagte ich zu Frau Schulze-Müller-Bergau.

„Liedersängerin, das ist wirklich auch eine große Aufgabe, Kindchen, überleg es dir. Sicher, du bist jetzt vielleicht enttäuscht, aber dafür gibt es wirklich keinen Grund, wirklich nicht, Kindchen, das kannst du mir glauben. Ich kann dir da Beispiele nennen ...“

Ich schwieg, weil mir auf einmal hundeelend wurde. Abends fuhr ich zu meinen Eltern. Ich erzählte ihnen vom Ende meiner Karriere. Mein Vater war betroffener als ich. „Das ist ein Jammer“, sagte er und schwieg lange.

„Vielleicht wird es wieder besser mit deinen Stimmbändern.“ Mutter versuchte mich zu trösten. Sie wußte nicht, daß ich mich bereits damit abgefunden hatte.

Wir waren noch beim Abendessen, als Ulrike kam. Ich war froh, nun konnten wir über etwas anderes reden als über meine Singepleite. Sie erzählte, daß sich ihr Bert damit abgefunden habe, Vater zu werden.

„Na, was hab ich gesagt.“ Ich triumphierte.

Ulrike machte einen glücklichen Eindruck. Ich freute mich für sie.

„Und an Heiraten denkt ihr immer noch nicht?“ fragte meine Mutter.

„Das ist doch unwichtig.“

„Da bin ich anderer Meinung. Wenn man zusammen lebt und ein Baby unterwegs ist, muß man geordnete Verhältnisse schaffen. Stimmt's, Kurt?“

„Schon“, sagte er, „aber heute denkt man wohl anders darüber.“

Ich mischte mich nicht in diesen Streit ein, nicht weil ich gegen Heiraten in solch einer Situation bin, im Gegenteil, aber ich weiß schließlich genau, daß Ulrike lieber heute als morgen mit ihrem Bert zum Standesamt ginge. Bert ist es, der nicht will. Um von dem Thema abzulenken, fragte ich Ulrike: „Was gibt's für Sensationen im Kindergarten?“

„Nichts Besonderes, außer daß wir gerade die Röteln haben.“

„Seit wann?“ fragte ich, weil mir plötzlich einfiel, daß Schwangere durch Röteln gefährdet sind, die Erreger greifen den Fötus an, was zu verschiedenen Mißbildungen führen kann.

„Das geht schon über vier Wochen“, sagte Ulrike.

„Wissen die bei dir im Kindergarten, daß du in anderen Umständen bist?“

„Sie erfahren es noch früh genug.“

Ich überlegte, wie ich Ulrike beibringen konnte, daß besonders in den ersten drei Schwangerschaftsmonaten eine Rötelninfektion für das Baby gefährlich war.

Meine Mutter mußte Ähnliches gedacht haben. Sie sagte: „Ich will dich nicht verrückt machen, Ulrike, aber ich glaube, das mit den Röteln während der Schwangerschaft, das kann schlimme Folgen für das Kind haben.“

„Ich habe doch die Röteln nicht, die Kinder im Kindergarten haben sie“, sagte Ulrike.

„Die Röteln brauchst du gar nicht selber zu haben, es reicht, wenn du damit zu tun hast“, sagte ich.

Ulrike stiegen Tränen in die Augen.

Mein Vater legte seinen Arm um ihre Schulter. „Laß dich nicht verrückt machen, Mädel. Am besten, du gehst zum Arzt, der wird es schon wissen.“

Ich habe die ganze Nacht nicht schlafen können. Gleich

am nächsten Morgen erzählte ich Anita die Geschichte.

„In welchem Monat ist deine Schwester?“ fragte sie.

„Mitte des dritten“, sagte ich.

„Da ist nichts mit Spritze, die kommt zu spät. Es bleiben nur zwei Möglichkeiten: Entweder man geht das Risiko ein, oder man bricht die Schwangerschaft ab.“

Ich besorgte für Ulrike über eine Hebamme, die unten in der Schwangerenberatung arbeitete, einen Termin beim Arzt.

Kurz nach drei kam Ulrike zu mir ins Zimmer. Sie sah blaß aus. Ich ging mit ihr runter zur Schwangerenberatung. Sie wurde ins Sprechzimmer gerufen. Als sie nach fast zwanzig Minuten aus dem Sprechzimmer kam, ahnte ich, was der Arzt ihr mitgeteilt hatte. Ulrike sagte kein Wort.

„Du bleibst heute nacht bei mir, wir brutzeln uns ein feines Abendbrot, du bist für das Schaschlyk zuständig, ich decke den Tisch und mach eine Büchse Erdbeeren auf!“

Ulrike saß auf der Liege und starrte vor sich hin. Ich wußte nicht, wie ich sie trösten sollte. Was ich auch sagen würde, es würde kein Trost sein.

Nach einer Weile sagte Ulrike: „Bert hat Nachtdienst, er wird sich wundern, wenn ich nicht, bevor er geht, nach Hause komme.“

„Kein Problem“, sagte ich, „ich rufe Mutti an, die fährt zu ihm und sagt, daß du heute bei mir schläfst. Einverstanden?“

Sie nickte.

Wortlos schnitt Ulrike das Schaschlykfleisch, steckte die Fleischstücke, Zwiebeln und Gurkenscheiben auf die Spieße. Wer so hartnäckig schweigt, dachte ich, der denkt zuviel, und in diesem Fall ist das nicht gut. Ich drehte meinen Recorder auf volle Lautstärke. Ulrike reagierte nicht.

„Was hat er gesagt?“ fragte ich endlich ohne Umschweife. Ich fürchtete mich davor, daß sie fragen könnte, was ich ihr raten würde. Ich hätte es nicht gewußt.

„Die Entscheidung würde bei mir liegen. Eine Garantie, daß keine Schädigung eintreten würde, daß ich ein gesundes Kind bekäme, könne er nicht geben.“

Ich erzählte Ulrike von Odette und was sich am Sonnabend abgespielt hatte.

„Das ist ein Biest. Wenn sie schon einen anderen hat, sollte sie auf anständige Art Schluß machen."

Ich war zufrieden, daß Ulrike auf dieses Thema einstieg.

„Kannst du dir vorstellen, daß du einen anderen kennenlernst, während Frank bei der Armee ist?" fragte Ulrike.

„Was heißt vorstellen? Klar kann ich mir das vorstellen, aber das passiert mir nicht."

„Bist du dir da ganz sicher?" fragte Ulrike.

„Ganz sicher bin ich mir. Wenn ich nicht will, läuft nichts", sagte ich.

„Na, ich weiß nicht", sagte Ulrike.

Nachdem wir gegessen hatten, wollte Ulrike das Geschirr abwaschen.

„Das machen wir später, wollen wir nicht zum Alex fahren und einen Schaufensterbummel machen?"

Ulrike hatte keine Lust.

Als wir uns hingelegt hatten, kam die Frage, vor der ich mich die ganze Zeit gefürchtet hatte.

„Was rätst du mir, Tina, soll ich es behalten oder ...?"

Das war die schwerste Frage, die mir je einer gestellt hat.

„Sag mir, was du tun würdest, wenn dir das passiert wäre", forderte Ulrike.

„Ich glaube, ich würde mich für eine Unterbrechung entscheiden."

Mir war nicht wohl bei dem, was ich redete. Ich wußte genau, Ulrike wollte das Baby behalten, unter anderem auch deshalb, weil sie hoffte, damit Bert fester an sich zu binden. Ich hätte Ulrike gern geholfen, aber ich wußte nicht, wie. Ich faßte sie um und drückte sie.

„Ich muß mich wohl allein durchkämpfen. Die Entscheidung kann mir keiner abnehmen", sagte sie. Lange lagen wir schweigend nebeneinander.

„Tut es sehr weh?" fragte Ulrike nach einer Weile. Da ahnte ich, daß sie sich entschieden hatte.

„Ich glaube nicht", sagte ich.

„Hast du schon mal über den Tod nachgedacht, Tina, ich meine nicht so allgemein, sondern über deinen?"

Ich stand auf und knipste die Stehlampe an. Im Dunkeln im Bett liegen und über den Tod nachdenken, bei dem Gedanken kriege ich eine Gänsehaut. Ulrike, geblendet vom Licht, wollte wissen, weshalb ich das getan hatte.

„Das kann ich dir sagen, Schwesterlein, ich hab keine Lust, über so ein finsteres Thema zu reden."

Ich goß uns Kirschlikör in zwei Gläser, schob die Smokie-Kassette in den Recorder und hielt Ulrike das eine Glas hin.

„Hast du nicht auch manchmal das Gefühl, daß wir eigentlich viel zuwenig von Vati und Mutti wissen?" fragte ich.

Ulrike stutzte. „Wie meinst du das?"

„Was haben sie gemacht, als sie sechzehn, siebzehn oder achtzehn waren. Vati hat uns zwar früher oft vom Krieg und von seiner Kindheit erzählt, aber von seiner Jugendzeit nicht. Wann hatte er seine erste Freundin? Wieviel Mädchen hatte er überhaupt, bevor er Mutti kennenlernte? Was für einer war Muttis erster Freund? Interessiert dich das nicht?"

„Doch. Aber denkst du, du könntest ohne weiteres danach fragen?" Ulrike hatte angebissen.

„Uli, ich hab 'ne Idee: Wir spielen irgendwann mit ihnen Fragestunde."

„Vati würde dabei vielleicht mitmachen, aber Mutti, das kann ich mir nicht vorstellen", sagte Ulrike.

„Wir werden sehen."

„Man müßte sie darauf vorbereiten."

Ich war froh, daß es mir gelungen war, Ulrike auf andere Gedanken zu bringen.

„Hast recht. Du machst jedenfalls mit ..."

„Und ob", sagte Ulrike.

Zugegeben, der Gedanke, so eine Fragestunde abzuhalten, war mir schon viel früher gekommen. Ich bin ganz sicher, die meisten Kinder wissen viel zuwenig von ihren Eltern. Ich bin auch sicher, die meisten Eltern würden so eine Fragestunde nicht mitmachen, weil sie dann vielleicht nicht mehr sagen könnten: „Wir waren ganz anders als ihr."

Als ich das Licht wieder ausmachte, fingen wir mit der „Weißt du noch?"-Arie an.

Es war oft vorgekommen, daß Vater mit uns sonntagvormittags spazieren- oder in irgendein Museum ging. Manchmal blieb Ulrike auch zu Hause, weil es ihr Spaß machte, Mutti beim Kochen zu helfen. Das brachte Ulrike den Ruf ein, häuslich, und mir den Vorwurf, das Gegenteil davon zu sein. Überhaupt war es immer so bei uns, daß Ulrike besser mit Mutti auskam, ich besser mit Vati.

Einmal waren wir in einem Museum, wo Mumien zu sehen sind. Sehr ausführlich schilderte Vater uns, wie die alten Pharaonen ausgenommen und einbalsamiert worden waren, wie man sie in die Pyramiden geschleppt, was man ihnen für kostbare Sachen mitgegeben hatte. Abends, als wir im Bett lagen, waren natürlich die Mumien unser Gesprächsthema. Ulrike spann sich aus, was alles für Schätze, Gold und Edelsteine in den Grabkammern lagen. Ich fand das langweilig, mich interessierte mehr, wie sie damals die toten Könige auseinandergenommen hatten, bevor sie eingepökelt wurden. Ulrike wollte davon nichts hören. Erst als sie versprach, mir am Sonntag ihren Pudding zu geben, schwieg ich.

„Weißt du noch?" fragte Ulrike, „die Sache mit dem Fuchs in der Wuhlheide?"

Wir tobten mit unserem Vater durch den Wald, wollten zu der Stelle, wo wir mal einen Fuchsbau entdeckt hatten. Wir rannten vor, kamen zuerst an. Wir stocherten mit einem Knüppel erst in dem einen, dann in einem anderen Eingang des Baues herum. Beim dritten Loch kriegten wir einen gewaltigen Schreck und rannten schreiend weg: Ein Fuchs steckte seinen Kopf heraus! Vater lachte, und mutig, wie uns schien, ging er auf das Loch zu, faßte hinein und zog den Fuchs heraus. Es war Omas alter Umhängefuchs, den er da versteckt hatte.

Solche Geschichten erzählten wir uns bis weit nach Mitternacht, und es war wie damals zu Hause nachts in unserem Mädchenzimmer. Dicht aneinandergeschmiegt, so wie wir es früher immer gemacht hatten, wenn Gewitter war, schliefen wir ein.

„Ich habe mich entschieden", sagte Ulrike, als wir uns am nächsten Morgen auf der Treppe verabschiedeten, „ich gehe nächste Woche ins Krankenhaus."

17

Ulrike lag auf der Frauenstation. Tina besuchte sie, sooft sie konnte. Der Eingriff wurde am zweiten Tag gemacht, abends versammelte sich die ganze Familie an Ulrikes Bett. Vater und Mutter waren erschienen, Bert saß auf der Bettkante, Tina, in Schwesterntracht, stand am Fußende. Tina beobachtete Bert. Er hielt Ulrikes Hand, goß ihr Apfelsaft ein, reichte ihr das Glas, nahm wieder ihre Hand. Dein Glück, dachte Tina. Ulrike sah Bert dankbar an.

Wenn ich mich nicht täusche, geht ihm die Sache an die Nieren, dachte Tina und war bereit, ihm dafür ein paar Pluspunkte anzurechnen. So richtig mochte sie Bert nicht. Er war zu kalt, bei ihm merkte man nie eine Gefühlsregung.

Die Familie blieb länger, als die eigentliche Besuchszeit dauerte. Anschließend lud Tina alle ein, mit auf ihr Zimmer zu kommen.

„Ich muß noch wo hin." Bert wollte kneifen.

Tina nahm ihn am Arm. „Von mir aus kannst du hingehen, wo der Pfeffer wächst, aber erst nachdem du bei mir eine Tasse Kaffee getrunken hast."

Sie saßen am Tisch und schwiegen. Bert nahm sich das Buch „Dem Herrgott zuvorkommen" aus dem Regal, blätterte und las darin. Tinas Eltern schienen bedrückt.

„Ulrike und ich haben eine Idee, macht ihr mit?" wandte sich Tina an ihre Eltern.

„Was für eine Idee?" fragte der Vater interessiert.

„Wir wollen mit euch eine Fragestunde veranstalten", sagte Tina.

„Eine was?" fragte die Mutter.

„Eine Fragestunde. Wir wollen euch Fragen stellen über die Zeit, als ihr zwischen vierzehn und achtzehn wart. Über eure Kindheit wissen wir allerhand, über eure Jugendzeit habt ihr beide nie geredet", erklärte Tina.

Bert hatte aufgehört in dem Buch zu blättern.

„Keine schlechte Idee, eigentlich eine sehr gute Idee", sagte Tinas Vater.

„Ich weiß nicht", sagte Tinas Mutter, „wie stellt ihr euch das vor? Ihr fragt, was euch einfällt, und wir", sie verbesserte sich, „und ich muß jede Frage beantworten? Es gibt vielleicht Dinge, über die ich nicht sprechen will. Es gibt auch Sachen, da werde ich nicht wollen, daß Vati mit euch darüber spricht, weil es mich betrifft. Also, ich weiß nicht ...“

Tina überlegte eine Weile, welche Sachen ihre Mutter wohl meinen könnte. Sicher fürchtet sie, wir wollen sie über Sex ausfragen.

„Es geht einfach darum, mehr über euch zu wissen. Was habt ihr gemacht, als ihr im Halbstarken- oder Hippie- oder Fanalter wart? Intimsphäre bleibt ausgeschlossen.“

„Von mir aus.“ Die Mutter sah ihren Mann an. „Heute oder morgen kann das sowieso nicht stattfinden, erst mal muß Uli aus dem Krankenhaus kommen.“

Als sie sich verabschiedeten, fragte Tinas Mutter: „Kommst du morgen?“

„Nein“, sagte Tina, „morgen kann Uli schon aufstehen, da hole ich sie mir abends hoch.“

„Soll ich schmutzige Wäsche mitnehmen?“ Tinas Mutti sah sich im Zimmer um.

„Gestern hab ich gewaschen“, log Tina.

„Kannst du mir dieses Buch borgen?“ fragte Bert, „ich würde er gern lesen.“

„Gern, Schwager“, sagte Tina und gab ihm einen Kuß.

Bert wurde rot.

„Hör mal, schließlich sind wir fast verwandt.“ Sie gab ihm noch einen Kuß auf die andere Wange.

Tina ging, als alle weg waren, noch mal zu Ulrike. Es war dunkel im Zimmer, Ulrike schlief schon.

Am nächsten Tag durfte sie aufstehen. Als Tina sie in der Küche abwaschen sah, spottete sie: „Kannst zu uns raufkommen, da steht auch noch Abwasch.“ Zur Kaffeezeit erschien Ulrike mit einer dampfenden Kaffeekanne in Tinas Zimmer.

„War’s schlimm?“ fragte Tina.

„Die Sache selbst nicht, aber das Problem wird mich noch lange beschäftigen.“

„Bert hat mich überrascht“, sagte Tina.

„Wieso?“

„Gestern an deinem Bett hab ich das erstemal das Gefühl gehabt, daß er dich liebt, sonst sah es immer so aus, als hättet ihr nicht viel miteinander zu tun."

„Du täuschst dich, wenn wir allein sind, ist er anders, als du ihn kennst. Er kann seine Gefühle nicht vor anderen zeigen", sagte Ulrike, und Tina glaubte es ihr.

Ulrike wurde nach fünf Tagen entlassen.

Fast hätte Tina vergessen, daß sie sich von Frau Schulze-Müller-Bergau mit einem Blumenstrauß hatte verabschieden wollen. Am Freitag, gleich nach Dienstschluß, kaufte Tina Blumen und fuhr, wie immer freitags um diese Zeit, zur Musikschule.

Ihre Lehrerin saß wie gewohnt im Übungsraum am Flügel.

„Für Sie", sagte Tina und hielt ihr den Strauß hin.

Frau Schulze-Müller-Bergau drückte Tina an sich und sagte: „Kindchen, Kindchen, die Natur ist ungerecht. Dir gibt sie ein Talent, eine Stimme, aber Stimmbänder, verletzlich wie Seidenfäden, andere mit wenig Talent und wenig Stimme, denen gibt sie Stimmbänder wie Stahltrossen." Ihr liefen Tränen über beide Wangen.

„Kindchen", sagte sie dann, „ich lade dich auf einen Kaffee ein."

Sie verließen das Gebäude und gingen in das kleine Café in der Großen Hamburger Straße.

Frau Schulze-Müller-Bergau bestellte zwei Kaffee und Torte, Tina zwei Weinbrand.

„Kindchen, hast du dir das wirklich gut überlegt, willst du nicht doch weiter Unterricht nehmen?" fragte Frau Schulze-Müller-Bergau.

„Nein", sagte Tina. „Es wäre viel schlimmer gewesen, wenn ich gleich nach der zehnten Klasse zum Studium an die Musikhochschule gegangen wäre und dann das passiert wäre. Jetzt habe ich einen Beruf, der mir Spaß macht."

„Wenn dir das an der Musikhochschule passiert wäre, das hätte durchaus nicht das Ende sein müssen, Kindchen, dann hättest du eben Liedersängerin werden können oder die pädagogische Richtung eingeschlagen", sagte Frau Schulze-Müller-Bergau.

„Dazu hätte ich keine Lust gehabt", sagte Tina mit Bestimmtheit.

Nach einer Stunde trennten sie sich. –

Innerhalb der Woche wechselte Tina ein paarmal den Dienst, deshalb konnte sie sich nicht vornehmen, irgendwo hinzugehen, nicht mal nach Hause. Tina fuhr am letzten Wochenende wieder zu Frank. Auf der Rückfahrt dachte sie: Eigentlich sind wir ein altes Gespann. Jedes Wochenende in Stückow verlief nach dem gleichen Grundschema: Kuß am Kasernentor, Sitzen im Besucherraum. Wie war deine Woche, wie war deine? Viel zu sagen gab es nicht, weil sie sich alles geschrieben hatten. Tina bekam plötzlich Angst. Sollte so gleichförmig das ganze Leben verlaufen? Bisher hatte sie ihren Traum von Ruhm und Erfolg gehabt, nun war er zerronnen. Wo konnte sie sich nun hinträumen, wenn ihr elend zumute war?

Tina beschloß, auf keinen Fall in ihr Zimmer zu fahren, da würde ihr vor Langeweile die Decke auf den Kopf fallen. Sie fuhr zu Ramona. „Die ist vor zehn Minuten von ihrem Freund abgeholt worden, sie sind in die Stadt gefahren", sagte Ramonas Mutter.

Tina ging ziellos durch die Straßen, auf einmal stand sie vor ihrer alten Schule. Das rote Backsteingebäude, wie hatte sie es manchmal gehaßt, nun schien es ihr wie ein Stück Paradies, zu dem sie keinen Zutritt mehr hatte. Eigentlich, dachte sie, schien uns damals alles, was mit Schule zu tun hatte, wie Zwang, als Last, jetzt kam es ihr vor, als sei es eine schöne Zeit gewesen. Sie ging weiter zur Straße, hinter der der Wald begann. Eine endlose Autokolonne kroch im Schneckentempo stadteinwärts. Ausflügler und Datschenbesitzer kehrten in das Stadtgebirge zurück. Ab und zu, wenn die Autokolonne zum Stehen kam, huschten Liebespaare auf die andere Straßenseite und verschwanden zwischen den Bäumen. Es war ein warmer Frühsommertag. Wenn jetzt Frank hier wäre ..., dachte Tina. Auf der leeren Fahrbahn aus Richtung Stadt kam ihr ein einzelnes Auto entgegen, ein militarygrüner Ford mit einem amerikanischen Militärkennzeichen, drei Soldaten in Uniform saßen drin. Tina erinnerte sich an eine Geschichte, die geschehen war, als sie in die sechste oder siebente Klasse ging. Es war die Zeit, als die Amerikaner Vietnam in die Steinzeit zurückbomben wollten, als täglich im Bombenhagel vietnamesische Kinder starben. Während eines Pioniernachmittags schlug Tina vor, man solle sich an die Straße stellen, wo jeden Tag fast zur selben Stunde das amerikanische Patrouillenfahrzeug vorbeikam, sie wollte ein Pappschild malen, auf dem stehen sollte: „Amis – Kindermörder". Ihre Klassenkameraden waren von der Idee begeistert. Der Pionierleiter bekam einen Schreck, sagte, so was dürfe man nicht tun. Tina argumentierte, daß man jeden Tag in der Zeitung lesen könne, daß überall in der Welt gegen die Amis protestiert würde, erst gestern hätte sie gelesen, daß der amerikanische Außenminister in Paris von Studenten mit Eiern und faulen Tomaten beworfen worden sei. Die Klasse applaudierte.

„Das können wir bei uns nicht machen," sagte der Gruppenpionierleiter, „aber ich schlage vor, wir machen eine zusätzliche Altstoffsammlung und überweisen den Erlös auf das Vietnamkonto, das ist viel nützlicher."

Das machten sie dann auch. Aber noch in derselben Woche legten sich Tina und Ramona in einem Gebüsch neben der Straße auf die Lauer, jeder mit einer Tomate bewaffnet. Als das Amiauto auftauchte, schleuderten sie ihre Tomaten und rannten, was das Zeug hielt, zu Tina nach Hause. Sie saßen mit klopfenden Herzen und erwarteten, daß gleich was Schreckliches passieren würde. Sie fühlten sich als Helden.

Tina fiel noch eine Geschichte aus ihrer Schulzeit ein, die eine Spur auf ihrem Zeugnis der achten Klasse hinterlassen hatte: In der Woche vor den großen Ferien war es gewesen, die letzte Stunde bei Wutke, Physik. Die Klasse hatte das ganze Schuljahr mit ihm auf Kriegsfuß gestanden, was auf Gegenseitigkeit beruhte. Wutkes Unterricht war das Langweiligste, was man sich vorstellen konnte. Also vertrieb sich jeder die Zeit mit Beschäftigungen, die mit Physik wenig zu tun hatten. Gelernt wurde nur vor Klassenarbeiten oder wenn mündliche Leistungskontrollen drohten. Sie machten eine FDJ-Versammlung, zu der sie Wutke einluden. Es war beschlossen worden, daß Tina die Kritik der Klasse am Physikunterricht vortragen sollte. Ohne ein Blatt vor den Mund zu nehmen, sagte sie, sein Unterricht sei langweilig und uninteressant, sie würden zwar wissen, daß er ein physikalisches As sei, trotzdem würden sie nichts bei ihm lernen.

So was müsse er sich wohl nicht sagen lassen, hatte Wutke

geschrien und die FDJ-Versammlung verlassen.

Die Aktion war ein Schuß in den Ofen gewesen, es änderte sich nichts, jedenfalls nicht zum Besseren. Herr Wutke rächte sich. Er paßte auf wie ein Schießhund. Wo sich jemand mit Quatschen die Zeit vertrieb, schlich er sich an und forderte die Schüler auf, die Definition eines Begriffes zu geben oder zu wiederholen, was er gerade gesagte hatte. Wenn der Schüler nicht wußte, worum es ging, verpaßte Herr Wutke ihm lächelnd eine Fünf oder eine Vier, wenn er irgendwas stammelte. Das Schuljahr neigte sich dem Ende zu, alle wußten, daß die Zensuren feststanden, die Zeugnisse schon geschrieben waren. Das inspirierte Tina zu einer Idee: In Wutkes letzter Stunde wollten sie ein akustisches Feuerwerk machen. Vor der bewußten Stunde zeigte jeder, was er einsetzen wollte. Knarren, Babyklappern, Kindertuten, Trillerpfeifen. Tina hatte sich etwas Besonderes ausgedacht. Sie verabredeten, wenn Tina „Feuer" kommandierte, sollten alle ihr Bestes geben. Tina kriegte, noch bevor der Physiklehrer den Klassenraum betrat, Bedenken. Sie nahm sich vor, wenn er wie alle anderen Lehrer eine bunte Stunde machen würde, wollte sie das Kommando nicht geben. Herr Wutke schrieb unvollständige Formeln an die Tafel und sagte: „Ich bitte die Herrschaften, die Hefte hervorzuholen. Schreiben Sie das ab und vervollständigen Sie die Formeln, ich sammle die Hefte am Ende der Stunde ein."

Tina griff unter ihre Bank, drehte sich zu ihren Klassenkameraden um und gab das Kommando. Gleichzeitig schmiß sie ein Ei an die Tafel. Keiner tutete, pfiff, knarrte, klapperte, eine eisige Stille herrschte. Ruckartig drehte sich Herr Wutke um und schrie: „Wer war das?" Schweigen. Das Eigelb rutschte langsam auf der schwarzen Tafel runter.

Wortlos verließ Herr Wutke den Klassenraum. Nun ging das große Getute, Gepfeife, Geklapper und Geknarre los. Tina drehte sich um, zeigte allen einen Vogel. Sie fand alles auf einmal nicht mehr lustig. Der Lärm erstarb, als Herr Wutke mit dem Direktor die Klasse betrat.

„Unerhört, unerhört", sagte der Direktor und sah dabei zur Tafel, wo das Eigelb gerade den unteren Tafelrand erreicht hatte und dann auf den Fußboden klatschte.

„Wer war das?" fragte er.

Tina stand auf.

Der Direktor wiederholte seine Frage.

„Warum stehen Sie, Tina?“ fragte er.

„Ich war es“, sagte sie.

„Sie? Bitte kommen Sie mit“, sagte er.

Tina folgte ihm. Im Direktionszimmer wollte er wissen, warum sie das getan hatte. Sie schwieg. Wenn es möglich gewesen wäre, hätte sie ungeschehen gemacht, was passiert war. Erklären hätte sie es können, aber sie wollte es nicht.

Auf ihrem Zeugnis wurde aus der Drei, die hinter Betragen stand, eine Vier gemacht, daneben stand der Text: Wegen groben Verstoßes gegen die Schulordnung wurde die Note in Betragen um eine Note geändert.

Tina fühlte sich nicht ungerecht behandelt.

Unterdessen hatte sie die Straße erreicht, in der ihre Eltern wohnten. Sie sah auf die Uhr. Es war kurz nach acht. Sie klingelte.

Ihr Vater lag vor dem Fernsehapparat auf dem Teppich. Es lief ein Film über Sibirien. Tina setzte sich zu ihm.

„Das ist ein Land“, sagte der Vater immer wieder. „Das ist ein Land.“

Tina fand den Film nicht besonders. Wald, Wasser, Baustellen, nichts Besonderes.

„Ob man vor Langeweile sterben kann?“ fragte sie.

„Mann, o Mann, das ist ein Land.“ Ihr Vater schwärmte, als er sah, wie Bohrarbeiter im Schneetreiben mit ihrem Bohrturm ein Loch in den eisigen Frostboden bohrten.

„Ob man vor tödlicher Langeweile sterben kann, will ich wissen!“ wiederholte Tina ihre Frage.

„Das alles bei vierzig Grad minus“, sagte der Vater.

Tina stieß einen schrillen Schrei aus. Ihr Vater sah sie erschreckt an. „Hast du wieder deinen Minelli-Anfall?“ fragte er.

Tinas Mutter erschien im Nachthemd im Türrahmen. „Macht den Fernseher leise. Immer diese verrückten Krimis mit Geschieße und Geschrei.“ Sie sagte es vorwurfsvoll und verschwand wieder.

„Ich hab dich zweimal gefragt, ob man vor Langeweile sterben kann.“

„Wie kommst du denn darauf, Tina? Ein normaler Mensch

stirbt an so was nicht."
„Bist du sicher?"
Der Vater schaltete den Fernseher aus. „Ganz sicher bin ich nicht", sagte er nachdenklich, „so wie Masern und Windpocken Kinderkrankheiten sind, ist Langeweile vielleicht eine Jugendkrankheit."
„Hattest du diese Jugendkrankheit auch?" wollte Tina wissen.
„Zu keiner Zeit in meinem Leben habe ich mich so gelangweilt wie mit sechzehn, siebzehn. Jeden Tag das gleiche: aufstehen, in den Betrieb gehen, auch da passierte täglich das gleiche. Abends zu Hause immer die gleichen Ermahnungen, schlimm war das. Überall in der Welt passierten interessante Sachen, nur ich war von Langeweile umzingelt ..."
„Gibt es gegen diese Krankheit kein Heilmittel?" fragte Tina.
„Gibt es."
„Sag es mir", forderte Tina.
„Träume und Phantasie", sagte er. „Wir träumten davon, nach Australien auszuwandern, wir malten uns aus, wie wir uns im afrikanischen Urwald oder in den Eiswüsten Alaskas rumtrieben, Goldsucher, Cowboys, Weltreisende waren wir."
„Und Mädchen?"
„Was Mädchen?" fragte er.
„Hast du keine Freundin gehabt?"
„Nichts wünschten wir uns sehnlicher. Ich hatte auch eine im Auge, die lernte im selben Betrieb wie ich, im Büro. Ich sah sie immer bloß aus der Ferne, dabei blieb es."
„Und deine Freunde?"
„Denen ging es ebenso. Aber wenn wir abends an der Ecke standen, prahlte jeder mit Mädchenerlebnissen, da wurden Sachen erzählt, sag ich dir, Boccaccio war ein Waisenknabe gegen uns. Wir schwindelten uns sozusagen allerhand in den Hosenschlitz."
Tina lachte. Das kannte sie. Während des Studiums, in der Seminargruppe, hatten sie sich auch die tollsten Abenteuer mit Männern erzählt, und nichts davon stimmte.
„War Mutti dein erstes Mädchen?" fragte Tina.
„Hör mal, das ist wohl deine Fragestunde?"

„Vielleicht“, sagte Tina und kniff dabei ihr rechtes Auge zu, wie er das sonst immer tat.

„Mutti lernte ich kennen, als ich neunzehn war, vorher gab es schon ein paar andere.“

„Kannst du dich an deine erste Freundin erinnern?“

„Kann ich, ist schließlich noch keine hundert Jahre her.“

„Wie war sie?“

„Rote Haare hatte sie und viel Erfahrung, deshalb gab sie mir auch bald den Laufpaß.“

„Und als du Mutti kennenlerntest?“

„Da hatte ich gerade drei Freundinnen.“

„Ganz schöne Entwicklung“, sagte Tina anerkennend.

„Die hab ich schnell abgeschafft. Es wurde ein Zeitproblem. Mit Mutti war nämlich alles anders als mit den Mädchen davor. Ich war eifersüchtig, jeden Tag mußte ich sie sehen.“

„Also die große Liebe ...“

„Genau.“

„Und die Langeweile?“

„Die gab es in dieser Zeit schon lange nicht mehr. Gleich nach der Lehrzeit fing ich auf dem Bau an zu arbeiten, verdiente gutes Geld, da waren die Mädchen, wir stellten die Welt auf den Kopf ...“

„Glaubst du, heute ist es langweiliger als damals?“ fragte Tina ernst.

„Langweiliger will ich nicht sagen, das hängt immer vom einzelnen selber ab, aber aufregender war es, waren eben andere Zeiten. Unsere Kindheit verbrachten wir in Luftschutzkellern, dann kam die Evakuierung, die Flucht durch ganz Deutschland, das war für Kinder aufregend. Die Nachkriegszeit war nicht weniger aufregend ...“

„Wenn es ginge, daß du deine Kindheit und Jugendzeit eintauschen könntest gegen die, die wir hatten und haben, würdest du tauschen?“

Ihr Vater überlegte eine Weile.

„Nein, würde ich nicht“, sagte er.

Als Tina im Bett lag, das Schreien der Babys von unten durch das offene Fenster drang, waren ihre trüben Gedanken vom Nachmittag verflogen. Sie freute sich auf den nächsten Tag, und sie dachte, eigentlich schade, daß Ulrike nicht bei der Fragestunde dabei war.

Ihr fiel das Mädchen ein, das vor etwa einem halben Jahr bei ihnen entbunden und ihr Baby zur Adoption freigegeben hatte, es aber, nicht ohne Tinas Einfluß, behalten hatte.

Was wohl inzwischen aus ihr geworden ist, fragte sich Tina.

Am nächsten Tag redete sie mit Anita darüber.

„Ehrlich, was die macht, das würde ich auch gern wissen. Wollen wir morgen mal zu ihr fahren?"

„Hast du die Adresse?" fragte Tina.

„Kein Problem, wir brauchen bloß in der Krankenblattablage nachzusehen."

„Ich besorge Blumen, und gleich nach Dienstschluß machen wir uns auf die Socken", sagte Tina.

„Abends müssen wir hingehen, so um sechs oder sieben, nachmittags ist sie vielleicht nicht zu Hause. Ich werde ihr ein paar Babysachen mitnehmen, hab ein paar schöne Pullover, die meinem Erpel längst nicht mehr passen", sagte Anita.

Sie verabredeten sich für den nächsten Abend um halb sieben.

Wenn diese Katrin nun das Baby hat verkommen lassen, wenn sie es bereute, das Baby behalten zu haben? Dieser Gedanke ließ Tina nicht los.

Zwischen eins und zwei fand eine gemeinsame Versammlung der Schwestern der Wöchnerinnenstation und der Neugeborenenstation statt. Das zwang Tina, an etwas anderes zu denken. Es ging um die organisatorischen Vorbereitungen für die Einrichtung von zwei „Rooming in"-Zimmern. Der Stationsarzt der Wöchnerinnenstation hatte das vorgeschlagen. Üblich war, daß die Mütter, die auf der Wöchnerinnenstation lagen, ihre Babys nur zu den Stillzeiten zu sehen bekamen. Wenn die Frauen nach fünf Tagen entlassen wurden, waren sie völlig unerfahren im Umgang und in der Pflege ihres Babys. Die „Rooming in"-Methode sah vor, daß die Babys im Zimmer bei ihren Mütter blieben, sie wurden den ganzen Tag von ihnen unter Anleitung einer Kinderkrankenschwester betreut.

Tina war von Anfang an von der Idee begeistert gewesen. Sie hatte entsprechende Erfahrungsberichte aus mehreren

Krankenhäusern gelesen, wo die Methode praktiziert wurde. Im Kreis der Schwestern gab es welche, die gegen die Einrichtung dieser zwei „Rooming in"-Zimmer waren. Ihr Argument: Die Infektionsgefahr würde bei diesem System größer werden. Eine der Wortführerinnen dieser Fraktion war Oberschwester Berta. Aber die Entscheidung war gefallen, bei der Versammlung ging es nun nicht mehr um Ja oder Nein, sondern um konkrete Maßnahmen.

„Gleich zu Beginn will ich nochmals darauf hinweisen, daß die Bedenken betreffs der Infektionsgefahr nicht ausgeräumt sind", sagte Oberschwester Berta, „allein die Tatsache, daß die Besucher Milliarden Bakterien einschleppen, sollte ..."

Tina konnte nicht mehr an sich halten. „Am besten, wir stellen vor jedem Zimmer ein Tauchbecken mit Desinfektionsmittel auf und tauchen die Väter, Omas und Opas ein", rief sie.

Alle lachten.

„Ich bitte um Sachlichkeit", sagte der Stationsarzt.

„Ich habe jedenfalls gewarnt", schloß Oberschwester Berta ihre Rede.

Tina hob die Hand.

Der Oberarzt nahm das Wort: „Ob wir die ‚Rooming in'-Zimmer einrichten oder nicht, das steht nicht mehr zur Debatte. Die Leitung hat diesen Vorschlag nach Abwägung aller Umstände zum Beschluß erhoben ..."

Tina hielt noch immer ihre Hand hoch.

„Ja, bitte", sagte der Stationsarzt.

„Ich hab mir aus der medizinischen Bibliothek Literatur geholt. Es ist eindeutig nachgewiesen, daß bei Kindern, die mit ihren Müttern im ‚Rooming in'-Zimmer betreut wurden, Erkrankungen durch falsche Ernährung und unsachgemäße Pflege in den ersten Lebensmonaten wesentlich niedriger sind als ..."

„Ich danke Ihnen, Schwester Tina", der Stationsarzt schnitt ihr das Wort ab, „aber über das Wider und Für reden wir nicht mehr. Diese Phase ist vorbei. Ich erwarte von Ihnen jetzt Vorschläge, wie wir schnell und so problemlos wie möglich das ‚Rooming in'-Projekt realisieren."

Es wurden Termine und Verantwortlichkeiten festgelegt,

es wurde beschlossen, bevorzugt Erstgebärende in die „Rooming in"-Zimmer zu legen.

„Für jeden Dienst benötigen wir von der Neugeborenenstation eine Schwester, die ausschließlich für diese beiden Zimmer da ist", sagte der Stationsarzt.

Oberschwester Berta meldete sich zu Wort.

„Für den Nachtdienst wird keine Schwester gebraucht, nachts sind die Kinder ja wieder auf der Neugeborenenstation. Es geht also nur um den Früh- und Spätdienst."

„Das ist richtig", bestätigte der Stationsarzt, „also ich höre Ihre Vorschläge."

„Schwester Tina", sagte Oberschwester Berta.

„Sehr einverstanden." Der Stationsarzt lächelte Tina zu.

„Und Schwester Anita", sagte Oberschwester Berta.

Einerseits hätte Tina Oberschwester Berta küssen mögen, andererseits war sie betrübt, weil sie nun nicht mehr mit Anita in einem Dienst arbeiten konnte.

Gleich nach der Versammlung forderte Oberschwester Berta sie und Anita auf: „Bitte, kommen Sie gleich beide mit in mein Zimmer."

„Kannst du dir denken, was sie von uns will?" flüsterte Anita.

„Keinen Schimmer."

„Was vor uns liegt, das wissen Sie. Ich denke mir, wir sollten den kleinen Vorteil, den dieses ‚Rooming in'-Projekt bietet, nutzen, um die Belehrung der Mütter zu verbessern ..."

Belehrung, wie sich das anhört, dachte Tina.

„Ich möchte Sie bitten, zu zwei Komplexen, nämlich ‚Die Ernährung des Säuglings' und ‚Die Hygiene des Säuglings', einen Kurzvortrag auszuarbeiten, den Sie vor den ‚Rooming in'-Müttern halten werden. Zu den Vorträgen kommen täglich mehrmals praktische Anleitungen und Pflege der Säuglinge. Ich hoffe, Ihnen wird das alles besonderen Spaß machen", sagte Oberschwester Berta zu Tina.

„So ist es", sagte Tina.

Abends setzte sich Tina hin und blätterte in dem Buch, das sie seit ihrer Examensprüfung nicht mehr in die Hand genommen hatte: „1 × 1 der Krankenschwester – Ein Repetitorium ihrer Berufsarbeit in Frage und Antwort".

Unter der Überschrift „Ernährung des Säuglings" fand sie

alles, was sie zwar schon wußte, aber hier stand es leichtverständlich formuliert. Sie teilte ihren Kurzvortrag in drei Abschnitte ein:

1. Allgemeines – Diesen Punkt strich sie wieder, weil es da nichts oder kaum Konkretes zu sagen gab.

2. Natürliche Ernährung – Sie nahm sich vor, hier auf die Vorzüge der Muttermilch einzugehen, was leicht zu beweisen war. Muttermilch hat stets die richtige Zusammensetzung und die richtige Temperatur; sie ist stets trinkfertig, sie ist keimfrei, stärkt die Widerstandskraft des Säuglings, schützt ihn vor Erkrankungen.

Als letzter Punkt stand in dem schlauen Buch: Muttermilch kostet nichts! Das werde ich nicht erwähnen, beschloß Tina. Es gibt welche, die würden sagen: Mein Kind hat es nicht nötig, sich vom Billigsten, was es gibt, zu ernähren. Sie ärgerte sich jedesmal, wenn sie erlebte, daß junge Mütter sich weigerten, ihrem Baby die Brust zu geben, aus Furcht, ihre Figur könnte darunter leiden.

3. Künstliche Ernährung – Schließlich gab es genügend Mütter, die keine Milch hatten oder nicht genug oder nicht lange genug. Tina war mit ihrer Vorarbeit zufrieden. Sie wollte noch mit Anita reden, ob Anita über die Pflege der Brust sprechen würde oder ob sie das mitmachen sollte.

Als sie schon alles weggeräumt hatte, kam ihr eine Idee: In dem Buch standen einunddreißig Fragen und Antworten zur Ernährung des Säuglings, die wollte sie abschreiben und vervielfältigen. Jede junge Mutter sollte ein solches Exemplar in die Hand gedrückt bekommen, nicht nur die in den „Rooming in“-Zimmern. Tina war so begeistert von ihrer Idee, daß sie zur Station runterlief, sich die alte klapprige Schreibmaschine und weißes Papier holte und sofort anfing, die einunddreißig Fragen und Antworten abzuschreiben, eine Arbeit, die bis in die Nacht dauerte. Trotzdem schrieb sie anschließend noch einen Brief an Frank, in dem sie ihm ausführlich die Vorteile des „Rooming in“-Projekts erläuterte, als sollte er überzeugt werden, in seiner Kaserne auch so etwas einzurichten.

Als sie schlafen ging, konnte sie gar nicht verstehen, daß sie gestern das Leben, ihr Leben, für todlangweilig gehalten hatte. Solche Tage wie der, der hinter ihr lag, liebte sie. –

Um halb sieben stand sie vor dem Studentenwohnheim und hielt Ausschau nach Anita. Es wurde drei Viertel, von Anita keine Spur. Wenn sie bis sieben nicht da ist, gehe ich allein hoch, beschloß sie. Anita kam fünf vor sieben.

„Unpünktliche Schnecke“, empfing sie Tina, „beim Warten sind mir schon die Blumen verwelkt.“

„Hätt'st dich doch mit ihnen in den Springbrunnen stellen können“, sagte Anita.

Sie fuhren mit dem Fahrstuhl in die achte Etage und klingelten an der Wohnungstür. Neben dem Klingelknopf war ein Zettel angeklebt, auf dem sechs Namen standen. Ein Mädchen machte auf, es sah auf Tinas Blumen.

„Wir wollten zu Katrin“, sagte Anita.

„Die hat doch nicht etwa Geburtstag?“

„Das wollen wir nicht hoffen“, sagte Anita.

„Die Tür geradeaus“, sagte das Mädchen.

Tina klopfte.

„Ja“, rief eine Stimme.

Plötzlich bekam Tina Herzklopfen. Wie wird Katrin uns empfangen? Wir hätten uns anmelden müssen, sie denkt vielleicht, wir wollen sie kontrollieren. Tina schob Anita vor sich her in das Zimmer. Katrin saß an einem Tisch vorm Fenster, der völlig mit beschriebenen Blättern bedeckt war. Auf dem Fußboden krabbelte lallend ihr rundliches Baby mit nacktem Hintern und schokoladenbeschmiertem Gesicht umher.

Das Mädchen wandte sich um und erschrak.

„Entschuldigt“, sagte sie und stand auf, „bei mir sieht's aus.“ Sie schob Windeln und andere Babywäsche, die auf der Liege lagen, beiseite. „Setzt euch“, sagte sie.

Tina überreichte ihr die Blumen. Anita den Karton. „Sind ein paar Babysachen drin, vielleicht kannst du damit was anfangen“, sagte Anita.

Tina nahm das Baby auf den Arm, das ihr vertraulich mit der kleinen Hand im Gesicht umherpatschte und quietschte. Die Tür ging auf, ein Mädchen steckte den Kopf durch den Türspalt. „Ich habe Wasser in die kleine Wanne gelassen, du kannst Yvonne baden.“

Die Tür ging wieder zu. Katrin sah sich wortlos um.

„Darf ich sie baden?“ fragte Tina.

„Wenn du willst", sagte Katrin, zog einen Vorhang beiseite, der eine Ecke des Zimmers vom übrigen Raum abtrennte. Dahinter standen ein Babybett und eine alte Kommode, auf der Babyöl, Puder, Creme, ein Glas mit Tupfern und andere Babyutensilien aufgereiht waren. Auf einem zusammengelegten Badetuch lagen eine Windel, Unterlagen, Jäckchen, Hemdchen, Gummihöschen und ein flauschiger Samtstrampler. „Nimm bloß das Badetuch mit, wickeln tu ich sie immer hier."

Tina verschwand mit dem Baby im Bad. Unentwegt ging die Badtür auf, und jemand steckte den Kopf herein.

„Eigentlich wär ich heut mit dem Baden dran gewesen", sagte ein Mädchen.

„Hoffentlich ist die Temperatur richtig, und reib hinterher den Kopf mit Öl ein, dann geht der Milchschorf leichter ab", sagte ein anderes.

Tina mußte kichern. „Hört mal, ihr könntet den anderen sagen, hier wirkt heute eine Weltmeisterin im Babybaden, bin nämlich Kinderkrankenschwester."

Die Mädchen zogen ab. Als Tina mit dem ins Badetuch eingewickelten Baby ins Zimmer zurückkam, sah der ganze Raum so ordentlich und aufgeräumt aus wie vorher die Babyecke. Katrin und Anita hatten den Tisch gedeckt, der Brei für das Baby stand bereit. Katrin nahm Tina das Baby ab, legte es auf die Wickelkommode und machte es mit geübten Griffen zur Nacht fertig. Das Baby lag glänzend und zufrieden in seinem Bettchen. Die Mädchen setzten sich an den Tisch.

„Ihr denkt, ihr seid die ersten, die mich besuchen?" fragte Katrin.

Tina und Anita sahen sich fragend an.

„Ratet mal, wer schon sieben- oder achtmal hier war."

Anita und Tina zuckten mit den Schultern.

„Das erstemal kam sie zu mir, als ich gerade drei Tage aus dem Krankenhaus war. Vor zwei Wochen machte unsere Seminargruppe eine Fete. Ich wollte nicht hingehen, weil ich keinen Babysitter hatte. Ich bin ein bißchen komisch, ich lasse Yvonne nicht gern allein bei anderen. Am Nachmittag kam sie vorbei, kriegte mit, daß ich nicht zur Fete gehen wollte. Du gehst, sagte sie, ich komme abends und bleibe bei

Yvonne, und laß dir ruhig Zeit ..."

„Du machst es spannend", sagte Anita.

„Eure Berta", sagte Katrin.

„Das ist nicht wahr, das kann ich nicht glauben", sagte Anita.

Tina war nicht weniger überrascht als Anita.

„Tut mir einen Gefallen, laßt sie es nicht merken. Ich glaube, sie würde es nicht wollen", sagte Katrin.

Die drei Mädchen unterhielten sich leise. Ihr Gespräch drehte sich um Berta, und das war auf einmal eine ganz andere Berta, von der hier die Rede war. Katrin brachte die beiden bis zum Fahrstuhl und bedankte sich für den Besuch.

„Weißt du, daß ich Bammel hatte?" fragte Tina.

„Glaube ich dir, ich weiß sogar, weshalb", antwortete Anita. „Wenn es mit Katrin nach der Entlassung bergab gegangen wäre, auch mit dem Baby, hättest du ganz schön alt ausgesehen."

„Du sagst es", Tina lachte, sie freute sich, daß Anita sie verstand.

„Sag mal, wollen wir nicht noch irgendwo hingehen. Am Bahnhof ist eine gemütliche Gaststätte", schlug Anita vor. Tina war nicht abgeneigt.

„Wenn wir da Platz kriegen", sagte sie.

„Weißt du, was ich dir schon immer mal sagen wollte ...? Du und Berta, irgendwie ähnelt ihr euch", sagte Anita.

„Das mußt du mir erklären", forderte Tina.

„Kann ich nicht, ist so ein Gefühl, aber ein positives", sagte Anita.

Die Mädchen gingen die lange Hauptstraße entlang zum Bahnhof, in dem gemütlichen Restaurant gab es keinen freien Platz, aber im Garten, wo Tische und Stühle standen. Sie setzten sich, bestellten eine Weiße mit Schuß, plötzlich ertönte Musik, irgendein alter Smokie-Titel. Vom Garten aus ging es in einen Saal.

„Komm, bloß mal sehen", sagte Anita.

„Warum nicht", sagte Tina. Sie überlegte, wann sie eigentlich das letztemal tanzen gewesen war. Sie mußte eine Weile überlegen, bis sie daraufkam, daß es im letzten September gewesen war, noch vor Franks Einberufung zur Armee.

An welchen Tischen noch Platz war, konnten sie nicht

feststellen, weil die meisten Leute auf der Tanzfläche waren. Sie blieben an der Tür stehen.

„Mann, das ist ja wie in alten Zeiten, da kriege ich gleich Lust … Wollen wir?“ fragte Anita.

Tina wollte nicht, aber Anita ließ ihr keine Ruhe, sie zog sie in die Mitte der Tanzfläche und fing an, vor Tina zu tanzen. Tina blieb nichts anderes übrig, als sich auch tänzerisch zu bewegen. Etwas aus der Übung war sie, doch nach ein paar Takten Musik liefen ihre Bewegungen synchron mit dem Rhythmus. Plötzlich schoben sich zwei junge Männer zwischen Tina und Anita und drehten sich so, daß jeder einem der Mädchen gegenüberstand. Tina sah zu Anita, die driftete mit ihrem unerwarteten Tänzer langsam ab.

„Was soll das?“ fragte Tina und hörte auf zu tanzen.

„Sie werden es nicht glauben, ich hab den ganzen Abend auf Sie gewartet.“ Er strahlte, als er das sagte.

„Das soll wohl ein Witz sein“, sagte Tina ziemlich unfreundlich, wollte sich umdrehen und weggehen.

Der junge Mann hielt sie am Arm fest.

„Tun Sie das nicht, wenn Sie mich jetzt stehenlassen, kostet mich das eine Flasche Sekt. Wir haben gewettet, die anderen waren sich sicher, daß Sie mir einen Korb geben würden. Wenn Sie jetzt gehen, habe ich verloren.“

Es ist nicht sein Gesicht, das strahlt, seine Augen sind es, stellte Tina fest. Langsam begann sie sich wieder im Rhythmus der Musik zu bewegen.

„Aber diesen Tanz nur zu Ende“, sagte Tina.

„Akzeptiert“, sagte er.

Tina vermied es, in seine Augen zu sehen, da war etwas drin, was sie beunruhigte.

Als der Tanz vorbei war, nahm er ihren Arm und fragte: „Darf ich Sie zu einem Glas Sekt an die Bar einladen?“

„Dürfen Sie nicht“, sagte Tina, es sollte unfreundlich klingen.

„Wo darf ich Sie hingeleiten?“ fragte er.

„Wir sitzen draußen.“

Als er sie bis zum Saalausgang begleitet hatte, sagte Tina: „Danke“, ließ ihn stehen und ging in den Garten bis zu dem Tisch, wo die beiden Weißbiergläser standen. Es dauerte eine Weile, bis Anita auftauchte.

„Komm, ich hab drin Platz gefunden für uns“, sagte sie.
„Doch nicht etwa an dem Tisch von denen, die eben mit uns getanzt haben?“ fragte Tina.
„Ein paar Tische weiter, da sind gerade welche gegangen“, sagte Anita. „Der, mit dem du getanzt hast, das ist genau der Typ, bei dem mir die Knie weich werden. Bist ’n Glückspilz, Tinalein“, stellte Anita nicht ohne Neid fest.
„Ich schenk ihn dir“, sagte Tina.
„Nichts gegen Treue, Tina, ehrlich, aber deshalb mußt du doch nicht gleich achtzehn Monate wie ’ne Nonne leben“, sagte Anita.
„Und dein Mann?“
„Was hat der denn damit zu tun?“ fragte Anita.
„Na, als er bei der Armee war, hast du da …?“
„Ja, hab ich, ich bin tanzen gegangen, aber mit keinem ins Bett, wenn du das meinst“, sagte Anita.
Ihr Disput wurde unterbrochen. Ein Kellner kam, stellte zwei Glas Sekt auf den Tisch. „Von den Herren dort“, er zeigte zu den Jungen, mit denen sie getanzt hatten, „sehr zum Wohle.“
„Was machen wir nun?“ fragte Tina.
„Du stellst vielleicht Fragen“, sagte Anita, hob ihr Glas und prostete den jungen Männern zu.
Tina nahm ihr Glas, sah mit kühler Miene in die gleiche Richtung und trank.
Die Band fing wieder an zu spielen. Anitas Tänzer kam. Anita schritt mit ihm zur Tanzfläche.
Tina saß und starrte vor sich hin, sie erwartete, daß auch ihr Tänzer jeden Moment erscheinen würde, und überlegte, wie sie ihn abfahren lassen könnte.
„Gestatten Sie?“ sagte eine Stimme neben Tina. Ohne hinzusehen, wußte sie, wer das war. Sie war froh, daß er doch noch gekommen war. Er sagte: „Gestatten Sie, daß ich mich zu Ihnen setze? Denn tanzen werden Sie ja nicht wollen.“ Und schon saß er ihr gegenüber. Tina wußte nicht, was sie sagen sollte. Schlimmer noch, sie wußte nicht, wo sie hinsehen sollte. „Verstehen Sie das mit dem Sekt bitte nicht falsch, das sollte kein plumper Annäherungsversuch sein, sondern mein bescheidener Dank dafür, daß Sie mir geholfen haben, meine Wette zu gewinnen.“

„Na schön“, sagte Tina und vermied es, ihn anzusehen. Augen hat er, dachte sie, die strahlen nicht nur, die sprühen Funken, und wie er redet, eine weniger starke Natur als ich, die würde auf der Stelle Feuer fangen. Sie griff mit der linken Hand zum Sektglas, mit der linken deshalb, damit er den Verlobungsring sehen mußte. Er sah ihn und lächelte.

„In festen Händen sozusagen“, sagte er.

„Verlobt!“ sagte Tina und nippte an dem Sekt.

„Darf ich mal raten?“ fragte er.

„Wenn's Ihnen Spaß macht.“

„Ihr Verlobter ist Soldat?“

„Richtig, der Kandidat erhält drei Punkte“, sagte Tina, und gleich ärgerte sie sich ein bißchen, weil es zu freundlich klang.

„Pluspunkte?“ fragte er.

„Bilden Sie sich bloß nichts ein“, antwortete Tina abweisend. Sie wehrte sich mehr gegen sich selbst als gegen diesen Menschen, der ihr gegenübersaß.

„Ich habe das Gefühl, Sie wollen nicht mit mir reden.“

„Da täuscht Sie Ihr Gefühl nicht“, sagte Tina und lächelte mehr, als gut war.

„Wenn das so ist, schlage ich vor, wir tanzen, ist sowieso gleich vorbei, die Runde“, sagte er und erhob sich.

Tina stand auf, ging mit ihm zur Tanzfläche.

Während sie tanzten, sie seine Hände an ihrem Körper spürte, was ihr nicht unangenehm war, dachte sie: Was ist schon dabei. Das ist so harmlos, daß ich es sogar Franki erzählen kann, ohne daß er mir Vorwürfe machen könnte.

Als das Musikstück zu Ende war, begleitete sie der junge Mann zurück an den Tisch, wo schon Anita mit ihrem Tänzer saß. Einen Moment lang herrschte Schweigen. Anita wechselte mit Tina einen vielsagenden Blick.

„Ich heiße Dietmar, interessiert vielleicht keinen“, sagte der, mit dem Tina getanzt hatte, „aber anstandshalber.“ Er sah Tina erwartungsvoll an. Sie schwieg.

„Tina heißt sie, ich Anita.“

Dietmar stellte seinen Freund vor: „Das ist Theo, eigentlich Theodor, das hört sich aber sehr altmodisch an.“

Anita kicherte, Tina bemühte sich, ein eisiges Gesicht zu zeigen.

Anita stand auf. „Wir kommen gleich wieder", sagte sie. Tina wußte zwar nicht, was das sollte, folgte aber Anita.

„Was soll das alles?" fragte Tina, als sie vor dem großen Spiegel im Toilettenvorraum standen.

„Wir müssen uns einigen, wie es weitergehen soll."

„Wir gehen zurück, sagen auf Wiedersehen und gehen nach Hause. Ich sogar allein."

„Als ich dich so tanzen sah, hatte ich aber ein anderes Gefühl", sagte Anita.

„Hat dich dein Gefühl getäuscht, so was soll es geben."

„Also wir gehen nach Hause?" fragte Anita.

„Ich gehe", sagte Tina mit Bestimmtheit.

„Ist vielleicht wirklich besser", sagte Anita.

Als die Mädchen zurückkamen, stand eine Flasche Sekt auf dem Tisch. Anita sah Tina fragend an.

Dietmar goß die Gläser voll, Anita setzte sich.

„Wollen Sie stehen bleiben?" fragte Dietmar und sah Tina an. Da setzte sie sich auch.

„Eigentlich wollten wir gehen", sagte sie, „aber wenn die Flasche auf meine Rechnung geht, dann bleiben wir noch, bis sie leer ist."

„Akzeptiert", sagte Dietmar.

Eine neue Tanzserie begann. Dietmar forderte Anita auf, Theo tanzte mit Tina. Während des Tanzes fiel Tina auf, daß Dietmar und Anita unentwegt miteinander redeten. Möchte mal wissen, was die da andauernd reden, dachte Tina. Sie tanzte lustlos mit diesem Theodor.

„Arbeiten Sie auch im selben Krankenhaus wie Ihre Freundin?" fragte er. Hat sie also schon allerhand ausgequatscht, dachte Tina.

„Nein", log Tina, „wir zwei kennen uns aus der Schulzeit, wir arbeiten nicht zusammen."

„Ach so", sagte Theodor und schwieg dann bis zum Ende der Tanzserie. Wieder am Tisch, winkte Tina den Ober an den Tisch und bezahlte die Flasche Sekt.

„Sie wollen wirklich schon gehen? Die Flasche ist noch nicht leer", sagte Dietmar.

Tina stand auf.

„Wir haben morgen Frühdienst", sagte Anita entschuldigend, Tina funkelte sie böse an.

Als Tina Dietmar die Hand reichte und er sie ansah, lief es ihr warm über den Rücken. Es ist höchste Zeit, daß wir gehen, dachte sie.

Draußen fragte Anita: „Warum hast du mich eigentlich so angefunkelt, als ich gesagt habe, daß wir morgen Frühschicht haben?“

„Weil du zuviel redest, ich möchte nicht wissen, was du noch alles ausgequatscht hast“, sagte Tina.

Sie verabschiedeten sich. Anita ging zur S-Bahn, Tina wartete auf ihre Straßenbahn.

18

Frank hat mir einen außergewöhnlich langen Brief geschrieben, fünf und eine halbe Seite. Mit Bernd und Odette ist es aus, endgültig. Frank schrieb sehr ausführlich darüber: Bernd hatte zwei Tage Urlaub beantragt und auch bekommen. Alle in der Gruppe befürchteten, daß nun was Schlimmes passieren würde. Bernd fuhr nach Berlin, ohne Vorankündigung, versteht sich, und beobachtete zur Feierabendzeit Odettes Schuhladen. Lange mußte er nicht warten: Odette kam aus der Tür und fiel dem Ledermützenmenschen in die Arme. Sie stiegen in den Wartburg, und weg waren sie. Bernd fuhr ihnen mit einem Taxi nach. Er stand vor einem Neubaublock in der Spandauer Straße, fragte ein paar Leute, ob sie wüßten, wie der Mann mit der Ledermütze hieße, in welcher Etage er wohne. Als er es wußte, ging er ins Hotel Stadt Berlin am Alex und kaufte einen Strauß Nelken. Er ging zurück zu dem Haus in der Spandauer Straße, klingelte an der Wohnungstür, der Ledermützenmensch machte auf. Bernd hielt ihm den Strauß hin. „Überreichen Sie den der Dame, von einem, der sie nicht mehr kennt“, hatte er gesagt.

„Na hör mal, General, was soll der Quatsch?“ hatte der Ledermützenmensch gefragt. Er bückte sich, Bernd legte ihm die Blumen vor die Füße, und als er hochkam, versetzte ihm Bernd einen Hieb in die Magengrube, daß er zusammenklappte wie ein Taschenmesser und sich den Magen hielt. In dem Augenblick erschien Odette am Ende des Korridors, kreischte hysterisch, Bernd ging ohne jede Hast die Treppen hinunter, acht Etagen.

Er fuhr mit der S-Bahn nach Königs Wusterhausen. In der Bahnhofsgaststätte las ihn gegen Mitternacht die Militärstreife auf und beförderte ihn nach Stückow.

Ehrlich, das hätte ich Bernd nicht zugetraut, er war immer so still, und dann inszeniert er so was.

Weshalb mir Frank das wohl so ausführlich geschrieben hat? Als Warnung vielleicht. Ich werde ihn fragen, wenn er am Wochenende kommt. Schließlich bin ich nicht Odette ... Allerdings hätte ich diesen Dietmar nicht abgeblockt, wer weiß, was daraus geworden wäre. Er hat außergewöhnliche Augen. Ich hab mich gefragt: Wenn ich am selben Abend Frank und diesen Dietmar kennengelernt hätte, welchem von beiden hätte ich den Vorrang gegeben? Ich bin fast sicher, ich hätte mich für Dietmar entschieden. Aber was weiß ich von diesem Dietmar? Daß er magische Augen hat. Sonst nichts! Von Frank weiß ich alles: Was er will, was er nicht will, in den meisten Situationen weiß ich sogar, was er denkt. Und ich weiß auch, daß er mich liebt. Wenn ich mir vorstelle, daß ich einen Kinderwagen schiebe, dann geht er neben mir, wenn ich daran denke, wie ich die Wohnung einrichte, dann sehe ich Frank auf der Leiter stehen und die Vorhänge anmachen. Ist das Liebe? Ist das *die* Liebe? Ich hab mal, als ich fünfzehn war, meine Mutter gefragt, was echte Liebe ist. Sie hat lange überlegt und gesagt: „Ich glaube, wenn man Angst hat, den anderen zu verlieren, weil man genau weiß, daß man dann nicht mehr leben kann."

Erst habe ich nicht verstanden, was Angst und Liebe miteinander zu tun haben sollen. Ich hab das Verhältnis meiner Eltern zueinander genau beobachtet und festgestellt, daß Mutti wirklich nicht ohne meinen Vati leben könnte und auch Vati nicht ohne Mutti. Das hat nichts mit Abhängigkeit im schlechten Sinn zu tun, nicht mal mit unentwegter Übereinstimmung. Trotzdem, Angst, den anderen zu verlieren, das kann doch nicht alles sein. Vielleicht ist nicht jede Liebe gleich. Wie ist es eigentlich bei mir und Frank? Habe ich Angst, ihn zu verlieren? Mal habe ich sie, mal nicht. Bei Frank, glaube ich, spielt die Angst, mich zu verlieren, eine größere Rolle. Vielleicht ist Liebe, sich des anderen sicher zu sein und seiner selbst auch? Ich will jedenfalls mit Frank zusammen leben, mit keinem sonst.

In der letzten Zeit muß ich oft darüber nachdenken, ob ein Mensch zeit seines Lebens immer das gleiche tun kann. Ich stelle mir vor, daß ich bis zur Rente auf meiner Station bleibe. Tagein, tagaus, Jahr für Jahr. Geht man da nicht kaputt, wird man da nicht stumpf? In den ersten Jahren passiert ab und zu was Neues, irgendwas, was einem zum erstenmal passiert, da ist es noch aufregend. Aber dann? Bis jetzt war meine aufregendste Zeit nach meiner Chorzeit die Zeit meiner Ausbildung. Fast alle sechs Wochen kam ich auf eine andere Station, lernte neue Menschen kennen, Ärzte, Schwestern, Patienten. Ich sage nicht, daß es meine schönste Zeit war, das würde nämlich nicht stimmen. Da gab es Tage, da sah ich so viel Elend, daß ich dachte, das ist der falsche Beruf für mich, das halte ich nicht aus. Eine Zeitlang war ich auf einer Intensivstation, wo nur Kinder lagen. Da war ein Junge, noch nicht mal vierzehn Jahre alt, er hatte ein unheilbares Leberleiden. Alle wußten, daß er nicht mehr lange zu leben haben würde. Tagelang saß ich an seinem Bett. Sah seine Eltern täglich kommen und gehen, redete mit ihm. Ich sollte ihm von der Ostsee erzählen. Wie das Meer aussieht, wie es rauscht, ob man nachts die Lichter der Schiffe sehen kann, wie es riecht. „Wenn ich erst wieder gesund bin, fahre ich mit meinen Eltern zur Ostsee“, sagte er oft.

Ich konnte nicht schlafen, ich konnte nicht mehr essen, ich weinte oft. Dann kam die Nacht, in der er starb. Abends, als ich meinen Dienst antrat, war er sehr ruhig. Ich fragte ihn, ob ich von der Steilküste bei Kap Arkona erzählen solle. Er nickte. Während ich erzählte, hielt er meine Hand fest. Ich erzählte von den hohen Kreidefelsen, von den Möwen, die darin nisteten, von dem großen weißen Fährschiff, das nach Schweden fuhr, von dem steinigen Strand. Er hatte die Augen geschlossen, der Druck seiner Hand ließ immer mehr nach, dann lag sie schlaff auf meiner. Ich erzählte immer noch, als er schon tot war.

Der Stationsarzt ließ mich nach Hause fahren, mitten in der Nacht. Nie in meinem Leben habe ich solch eine Leere in mir gespürt. Ich konnte nicht mal weinen. Meine Eltern, denen ich von dem Jungen erzählt hatte, ahnten, was passiert war. Sie fragten nicht, ich sagte nichts. Meine Mutter legte sich zu mir ins Bett, wie sie es so oft schon getan hatte, als ich noch ein kleines Mädchen war.

Ein paar Wochen später fuhren wir mit der Seminargruppe an die Ostsee. Da mußte ich immer an den Jungen denken, ich sah das Meer so intensiv wie nie, für ihn mit. Die anderen Mädchen, die von mir erwarteten, daß ich für Stimmung sorgte, waren enttäuscht von mir. Sie vermuteten, ich hätte Liebeskummer. Ich ließ sie in dem Glauben.

Dann kam ich für ein paar Wochen auf die Frühgeborenenstation. An diese Zeit denke ich gern zurück. Vielleicht fange ich irgendwann wieder auf einer Frühgeborenenstation an zu arbeiten. Nichts gegen meine jetzige Station, aber es sind stets die gleichen Arbeiten, die zu machen sind. Wenn alles normal läuft, und das tut es meistens, hat man keine besonderen Erfolgserlebnisse. Ich brauche aber ab und zu welche. Damals, auf der Frühgeborenenstation, da bekamen wir Babys, die manchmal nur tausend Gramm oder etwas mehr wogen, die nur wenig Chancen hatten durchzukommen. Das war schon ein schönes Gefühl, wenn ich einer Mutter nach ein paar Wochen ihr Baby in den Arm legen konnte und sie es glücklich mit nach Hause nahm.

Jetzt, wo wir die „Rooming in"-Zimmer einrichten, das ist auch wieder interessant, weil es was Neues ist, was Nützliches. Aber ich weiß, solange es neu ist, wird es mir Spaß machen, läuft aber erst mal alles eine Weile, dann kommt die Routine, dann sind der Spaß und die Freude an der Arbeit vorbei.

Ob das mit allen Sachen im Leben so ist? Wenn sie neu sind, sind sie interessant, wenn Gewohnheit daraus wird, fangen sie an, einem zum Hals herauszuhängen? Wenn es mit allen Dingen so ist, auch mit der Liebe?

Ich weiß noch, wie es früher war: Da hab ich mir irgendwelche Sachen gewünscht, eine Puppe mit Schlafaugen, die trinken konnte und richtig in die Windeln machte. Geträumt habe ich davon. Als ich wußte, daß ich sie bald bekommen würde, wurde ich vor Vorfreude fast verrückt. An dem Tag, als ich sie bekam, war ich glücklich. Nach ein paar Wochen lag die Puppe in irgendeiner Ecke, sie interessierte mich nicht mehr. Vor nicht allzulanger Zeit war ich scharf auf ein besonderes Kleid aus dem Exladen, ein französisches Modell. Ich hob mein Gespartes ab, pumpte mir noch was von Ulrike dazu, kaufte es, fuhr nach Hause, drehte mich vor dem Spiegel. Angezogen hab ich es vielleicht dreimal, dann fand ich es albern.

Glücklich macht nicht, was man hat, sondern das, was man noch nicht hat, aber mit Anstrengung erreichen könnte, glaube ich.

Aber vielleicht stimmt auch das nicht? Müßten dann nicht die die Glücklichsten sein, die gar nichts haben? Nein, das kann es nicht sein. Jedenfalls für mich ist sicher, man muß sich immer mehr vornehmen, als man schaffen kann.

Eines Tages werde ich mit Frank verheiratet sein, irgendwann werden wir eine Wohnung haben, sie wird eingerichtet sein. Und dann?

Ich hab überlegt, ob ich mich nicht für einen Lehrgang melde, OP-Schwester werde oder Hebamme. Frank müßte seinen Ingenieur machen, und dann gehen wir nach Afrika, Angola oder Moçambique. Das wäre eine Aufgabe.

19

Juni war es, die Sonne schien seit Tagen, rund um Tinas Krankenhaus grünte es, die Gärtner hatten jedes freie Plätzchen zwischen den Gebäuden mit Blumen bepflanzt. So heiter, wie die Welt aussah, so ähnlich war auch Tina zumute. An zwei Wochenenden hintereinander war Frank dagewesen, nun allerdings lagen vier Wochenenden vor ihnen, an denen sie sich nicht würden sehen können: Franks Einheit hielt irgendwo an der Ostseeküste ihr Sommerlager ab.

Wenn er zurück ist aus seinem Sommerlager, dachte Tina, hat er das Bergfest hinter sich, dann beginnt der Countdown zur ehrenvollen Entlassung.

Trotzdem, wenn sie abends allein war oder beim Spätdienst in der Stationsküche stand, Milchflaschen und Absaugpumpen reinigte, sah sie die Welt nicht so rosig. Da lagen vier Sommerwochenenden vor ihr, wo alle mit ihren

Freunden an einen See fuhren, badeten und rumtobten.

Gut, sie konnte mit ihren Eltern wegfahren, sich Ramona und ihrem Freund anschließen.

„Wir fahren jedes Wochenende nach Motzen, FKK, ehe du zu Hause versauerst, kannst du ja mitkommen. Wir sind ein irrer Stamm, lauter dufte Kumpels“, hatte Anita gesagt.

Tina fuhr nicht mit.

Am Montag war sie bei Ulrike und Bert gewesen. Sie luden sie zum Wochenende ein, an irgendeinen mecklenburgischen See mitzukommen, zum Zelten. Tina hatte abgelehnt. Nicht weil sie keine besondere Lust dazu spürte, sie erinnerte sich daran, was Ulrike ihr gesagt hatte, nämlich daß Bert zärtlich und sehr fürsorglich zu ihr sei, wenn sie allein wären. Sollte sie also mitfahren und Ulrike damit das Wochenende verderben?

„Nein, ich kann nicht mitkommen, hab Dienst am Wochenende“, log sie und kam sich dabei sehr edel vor. Als sie sich verabschieden wollte, gab ihr Bert das Buch „Dem Herrgott zuvorkommen“ zurück.

„Und was sagst du dazu?“ wollte Tina wissen.

„Es ist mir an die Nieren gegangen, ich hab es, ohne abzusetzen, ausgelesen.“

„Mich hat er es nicht lesen lassen“, beklagte sich Ulrike.

Das hat er richtig gemacht, dachte Tina.

Es war noch vor zehn, als Tina zurück ins Schwesternwohnheim kam. Hinter Oberschwester Bertas Zimmertür war Musik zu hören, sie hatte sich wieder die Platte mit dem „Reite, kleiner Reiter, reite“-Song aufgelegt. Tina wußte inzwischen, daß Oberschwester Berta in trauriger Stimmung war, wenn sie das Lied vom „U-Bootfahrer, dessen Boot nicht mehr auftauchte“ auflegte, und daß sie gut gelaunt war, wenn sich die „Reiter“-Platte auf dem Plattenteller drehte. Mit dem Buch in der Hand blieb sie vor Bertas Tür stehen. Zögerte, klopfen oder weitergehen? Sie klopfte.

Oberschwester Berta saß am Fenster und strickte, es sah aus, als sollte es ein kleiner Pullover werden.

„Ich bringe Ihnen das Buch wieder“, sagte Tina, in der Hoffnung, Berta würde sie nun nach ihrer Meinung dazu fragen. Sie versuchte, ihr Strickzeug so zu halten, daß Tina nicht erkennen konnte, was sie da in Arbeit hatte. „Legen

Sie es auf den Tisch", sagte sie, und es hörte sich an wie: Das wär's, Sie können gehen. Es ist ihr peinlich, daß ich sehe, sie strickt einen kleinen Kinderpullover, garantiert für Yvonne, dachte Tina.

„Einen schönen Abend dann noch", sagte sie und ging aus dem Zimmer.

Es war Dienstag, Tina ging nach überstandenem Frühdienst auf ihr Zimmer. Sie arbeitete seit zwei Wochen in der „Rooming in"-Abteilung. Nachtdienst gab es für eine Weile nun erst mal nicht mehr für sie. Die neue Arbeit machte ihr Spaß, schon deshalb, weil sie nicht nur mit den Babys zu tun hatte, sondern auch mit deren Müttern. Da konnte sie Menschen kennenlernen, intensiver als vorher. Als die ersten Mütter nach fünf Tagen mit ihren Babys entlassen wurden, zeigte sich für Tina schon ein Erfolg: Die Frauen gingen mit ihren Babys wie erfahrene Mütter um, kein unsicheres Verhalten wie auf der Wöchnerinnenstation, wo die Frauen am Tag der Entlassung ihr Baby zum erstenmal selbst versorgen mußten. Auch die jungen Väter trauten sich ihr Baby richtig robust anzufassen, weil sie es schon ein paarmal auf dem Arm gehalten und nicht bloß einmal dreißig Sekunden hinter der Glasscheibe gezeigt bekommen hatten.

Eine der Frauen hatte Tina beim Abschied einen Zwanzigmarkschein in die Hand gedrückt. „Für Ihre Mühe, die Sie mit mir hatten, Schwester, und weil Sie immer so freundlich waren", sagte sie.

Tina gab ihr den Geldschein zurück. „Gute Arbeit und Freundlichsein sind in meinem Gehalt eingeschlossen."

Die Frau bekam einen roten Kopf, drückte Tina dankbar die Hand.

Du gehst heute in das schöne neue Café im Palast-Hotel, war ihr Entschluß. Als sie am Pförtnerhaus vorbeiging, kam die alte Frau heraus, die Dienst hatte. „Kennen Sie zufällig Schwester Tina von der Neugeborenenstation?" fragte sie.

„Das bin ich selber", sagte Tina. Die Pförtnerin verschwand in ihrem Häuschen und kehrte sofort zurück.

„Das ist für Sie abgegeben worden." Sie reichte Tina einen Rosenstrauß, an dem ein Brief befestigt war.

„Früher, Frolleinchen, da is mir so wat ooch ab und zu passiert, nun nicht mehr“, sagte seufzend die alte Frau und ging in ihr Häuschen.

Tina mußte nun wieder zurückgehen, schließlich wollte sie nicht mit dem Rosenstrauß durch die Stadt marschieren.

Wer kann das wohl abgegeben haben? rätselte Tina. Sie hätte den Brief sofort öffnen können, da mußte ja die Lösung des Rätsels zu finden sein.

Oben im Zimmer legte sie die Rosen auf den Tisch, öffnete den Brief. Es steckte eine gedruckte Einladung drin zu einem Konzert mit Solisten des vierten Studienjahres der Hochschule für Musik im Apollo-Saal der Staatsoper und eine Eintrittskarte. Nichts weiter, keine Zeile, kein Wort. Sie nahm die Blumen, steckte sie in eine Milchflasche mit Wasser und stellte sie unbemerkt vor Bertas Zimmertür. Das Konzert war am Mittwoch, also am nächsten Tag schon.

Tina grübelte, während sie im Wiener Café Sachertorte mit Schlagsahne aß, wer ihr wohl die Konzertkarte und die Blumen geschickt haben könnte. Zuerst fiel ihr Frau Schulze-Müller-Bergau ein. Den Gedanken verwarf sie gleich wieder. Die Karte allein, das wäre möglich, aber warum sollte sie ihr Blumen schicken? Dann fiel ihr die junge Frau ein, die ihr den Zwanzigmarkschein in die Hand gedrückt hatte. Trotzdem, ein bißchen wie im Kitschroman ist das schon, fand sie, aber auch ganz schön geheimnisvoll.

Sie bestellte noch ein Stück Ananastorte ohne Sahne.

Am nächsten Mittag, als sie beim Dienstwechsel Anita sah, erzählte sie ihr von der Einladung zum Konzert.

„Geh nach oben, Tina, ruh dich aus, wird vielleicht ein aufregender Abend für dich“, sagte Anita.

„Bei dir piept’s wohl, Konzertabend, was soll denn da aufregend sein?“

„Wer weiß, wer weiß ...“, sagte Anita geheimnisvoll.

Abends saß Tina im Apollo-Saal, sah sich um, das Kristall der Leuchter funkelte, ein Duft von mindestens zehn Parfümsorten umwehte sie, Getuschel schwirrte durch den Raum, neben dem Flügel saßen hinter Notenpulten zwei Mädchen und zwei Jungen, die ihre Geigen stimmten. Tina genoß die Atmosphäre. Sie erinnerte sich an ihre Chorzeit.

Es wurde still im Saal, das Quartett spielte Mozart. Tina schloß die Augen, sie spürte eine Leichtigkeit, die wie Fliegen war, die Töne verwandelten sich in Farben. Sie ging nackt am Ufer eines Meeres entlang, ihr Haar wehte im Wind, sie warf sich einer schäumenden Woge entgegen ...

Applaus im Saal. Tina rührte sich nicht, hielt ihre Augen geschlossen, versuchte ihr Bild zu halten. Es gelang ihr nicht, neue Töne erreichten sie, verträumt-schwermütig kamen sie vom Flügel her. Sie öffnete die Augen, sah den Pianisten: Plötzlich wußte sie, wer ihr die Blumen und die Karte geschickt hatte. Sie warf einen Blick ins Programm: Dietmar Reschke spielt vier Nocturnes von Frédéric Chopin, las sie. Sie gab sich Mühe, ärgerlich zu sein. Auf Anita, die diesem Dietmar bei dem Tanzabend nach dem Besuch bei Katrin über sie erzählt haben mußte; auf sich selbst, weil sie in eine Falle geraten war, erst recht auf diesen Dietmar.

Aber die Musik berührte sie, sie sah Dietmars Finger über die Tasten gleiten, sie sah in sein Gesicht, das konzentriert und gespannt wirkte. Sie schloß die Augen, um nicht Dietmar sehen zu müssen. Auch mit geschlossenen Augen sah sie sein Gesicht vor sich. Sie gab es auf, sich zu wehren, ließ sich mit der Musik treiben. Sie fühlte sich wie ein Blatt, das ein Lufthauch über eine sonnige Landschaft trieb. Dieses Gefühl hielt an, bis der letzte Ton verklungen war. Das Publikum applaudierte, Dietmar verneigte sich, lächelte ihr zu. Sie konnte nicht anders, sie lächelte zurück, und ihr war, als hörte sie noch immer die Musik.

Sie dachte, hoffentlich wartet er nach dem Konzert nicht auf mich. Gleichzeitig spürte sie, daß sie es sich wünschte. Einen Augenblick spielte sie mit dem Gedanken, aufzustehen und zu gehen.

Nach dem Schlußapplaus verließ sie schnell den Apollo-Saal. Dietmar sah sie nicht. Dann ging sie etwas langsamer, kam fast als letzte an der Ausgangstür an. Auf der Straße blieb sie einen Augenblick stehen, sah sich um, ging langsam in Richtung Marx-Engels-Platz davon. Ist gut, daß er nicht gekommen ist, dachte sie.

Als sie am Operncafé vorbeikam, näherten sich ihr von hinten eilige Schritte. Ohne sich umzusehen, wußte sie, wer ihr folgte. Sie steigerte ihr Tempo. Trotzdem, nach ein paar

Sekunden war er an ihrer Seite.

„Guten Abend!" sagte er und hielt ihr seine Hand hin.

Tina zögerte einen Moment, dann nahm sie seine Hand, sagte: „Guten Abend!" und zog ihre Hand schnell zurück.

„Weißt du, daß ich Angst hatte?" fragte er.

„Wovor?"

„Daß du nicht kommen würdest", sagte er.

„Hätte ich gewußt, daß die Blumen und die Karte von dir sind, wäre ich nicht gekommen", sagte Tina.

Sie liefen eine Weile schweigend nebeneinander.

„Ich würde dich gern zu einer Flasche Wein einladen", sagte Dietmar, als sie über die Schloßbrücke gingen. „Ich schwöre dir, nichts wird passieren, was du nicht willst."

„Da kannst du dich drauf verlassen", sagte Tina.

„Wollen wir ins Café im Palasthotel gehen?" fragte er.

„Von mir aus."

Inzwischen hatten sie den Dom erreicht.

„Manche finden diesen Dom scheußlich. Ich mag ihn, zu jeder Tageszeit sieht er anders aus. Wenn ich morgens mal nicht verschlafen habe, steige ich am Bahnhof Marx-Engels-Platz aus, wenn ich zur Hochschule fahre. Nur um den Dom im Morgenlicht zu sehen", sagte er.

Tina schwieg. Es beeindruckte sie, daß er vom Dom sprach und nicht fragte: Na, wie hat es dir gefallen, wie habe ich gespielt?

Im Café fanden sie Platz an einem Zweiertisch am Fenster. Dietmar bestellte Weißwein. Die Kellnerin zündete eine Kerze an, als sie den Wein brachte.

„Gefällt dir dein Beruf?" fragte er.

„Manchmal ja, manchmal nein, meistens gefällt er mir."

„Mit Säuglingen umzugehen, das stelle ich mir schön vor", sagte er.

„Wenn du das schön findest, warum bist du dann nicht Säuglingsschwester geworden?" fragte Tina.

Er lachte. „Hab ich so schlecht gespielt?"

„Am besten hat mir das Streichquartett gefallen", sagte Tina, „da habe ich Farben gesehen und bin in Gedanken am Ostseestrand gewesen."

„Und als ich gespielt habe, hast du da auch Bilder gesehen?"

Sie hatte nur ihn gesehen, das wollte sie ihm aber nicht sagen.

„Nein, da habe ich nichts gesehen“, sagte sie.

„Schade.“ Er schien enttäuscht.

Schweigen.

„Was würde dein Verlobter denken, wenn er uns hier so sitzen sehen würde?“ fragte Dietmar, für Tina völlig unerwartet.

„Ich denke, er hätte keinen Grund, irgendwas zu denken“, sagte Tina. „Wenn die Flasche leer ist, würde ich gern gehen.“

„Weißt du, was mich ärgert?“ fragte er.

„Weiß ich nicht.“

„Mich ärgert, daß ich dich nicht kennengelernt habe, bevor du diesen Ring aufgesetzt hast.“

„Es hat mir gefallen, wie du vorhin gespielt hast“, erwiderte Tina, um auf ein anderes Thema zu kommen.

„Hast du was dagegen, wenn ich dich bis zum Krankenhaus begleite?“ fragte er.

„Seit wann spielst du schon Klavier?“ fragte Tina.

„Ich fing an, als ich fünf war“, sagte er. Tina merkte ihm deutlich an, daß er davon nicht reden wollte.

Die Serviererin kam an den Tisch. Dietmar bezahlte.

Als sie auf der Straße standen, sagte er: „Du hast meine Frage noch nicht beantwortet. Hast du was dagegen, wenn ich dich bis zum Krankenhaus begleite?“

„Ich fahre nicht zum Krankenhaus, sondern nach Hause zu meinen Eltern.“

„Dann bringe ich dich eben dorthin“, sagte er.

„Von mir aus, nur versprich dir nichts davon“, sagte Tina.

Er winkte ein vorbeifahrendes Taxi heran.

„Zur Triniusstraße, bitte“, sagte Tina.

Wortlos saßen sie nebeneinander. Tina hatte ihre Tasche als unüberschreitbare Grenze zwischen sich und Dietmar geschoben. Wenn er jetzt irgendeinen Annäherungsversuch macht, dann verschwinde ich sofort, wenn wir aussteigen, macht er keinen, können wir noch fünf Minuten reden, beschloß Tina.

Er machte keinen Annäherungsversuch. Sie stiegen aus,

Tina teilte sich mit Dietmar den Fahrpreis, obwohl er es nicht wollte. Sie standen vor der Haustür. Oben brannte kein Licht, sie nahm an, daß die Eltern schon schliefen.

„Können wir uns noch mal wiedersehn“, sagte Dietmar, „am Wochenende vielleicht.“

„Ich weiß nicht, wozu das gut sein soll“, sagte Tina, „aus uns beiden kann nichts werden.“

„Kannst du dir nicht vorstellen, daß wir Freunde werden könnten?“

„Das kann ich mir nicht vorstellen“, sagte Tina.

In diesem Moment fuhr ein Trabant vor, aus dem Tinas Eltern stiegen. Als sie Tina mit einem jungen Mann vor der Haustür stehen sahen, drohte eine peinliche Situation zu entstehen, was Tina aber verhinderte. Sie ging ihren Eltern ein paar Schritte entgegen, begrüßte sie, sagte, der junge Mann sei Herr Reschke, der sie nach dem Konzert nach Haus begleitet hätte, und in drei Minuten würde sie nachkommen.

Als ihre Eltern ins Haus gegangen waren, verabschiedete sich Tina.

„Sonnabend sitze ich ab drei Uhr im Palastcafé und warte auf dich“, sagte Dietmar und verschwand so schnell, daß Tina weder ja noch nein sagen konnte.

„Na, Tina“, empfing sie ihr Vater, als sie ins Wohnzimmer kam.

Tina wußte sofort, worauf ihr Vater anspielte.

„Die harmloseste Sache der Welt. Was du gleich wieder denkst“, sagte Tina. Sie saß mit ihren Eltern noch eine Weile zusammen und erzählte ihnen, wie es zu dieser Bekanntschaft gekommen war.

„Der Junge hat ernstere Absichten, als du ahnst, aber ich gebe zu, einen schlechten Geschmack hat er nicht.“ Das war der Kommentar ihres Vaters.

Am nächsten Mittag kam Anita etwas früher zur Ablösung.

„Na, wie war dein Konzert?“

„Wie so ’n Konzert eben ist, Musik, Musik, Musik.“

„Keinen Bekannten getroffen?“ Anita war enttäuscht.

„Doch“, sagte Tina lächelnd.

„Stimmt's, den kenn ich auch?" Anitas Augen funkelten.

„Glaube ich nicht", sagte Tina, „es war der Heizer von meiner alten Schule."

„Das darf doch nicht wahr sein", sagte Anita, „dann weißt du also überhaupt nicht, wer die Blumen und die Karte geschickt hat?"

„Weißt du es?" fragte Tina und gab sich Mühe, nicht loszulachen.

„Dann muß ich dich wohl aufklären", sagte Anita.

„Das kannst du dir sparen. Hinterher hat er mich nach Hause gebracht." Tina lachte.

„Du hinterhältige Kanaille", sagte Anita. „Wie war er?"

„Nett."

„Wann trefft ihr euch wieder?"

„Überhaupt nicht."

Kopfschüttelnd ging Anita aus dem Raum.

Abends schrieb Tina einen Brief an Frank. Sie beschrieb ausführlich das Konzert. Daß da auch ein Pianist war, mit dem sie hinterher noch eine Flasche Wein getrunken hatte, das schrieb sie nicht. Warum auch, das würde ihn nur beunruhigen, schließlich ist das für unsere Beziehung zueinander völlig bedeutungslos, dachte sie.

Für Sonnabendnachmittag hatte sie sich mit Ramona verabredet, zu einem Stadtbummel.

Erst saßen sie auf einer Bank neben den Wasserspielen unter dem Fernsehturm, amüsierten sich über die Annäherungs- und Flirtversuche der internationalen jüngeren Männerwelt.

Kurz nach drei durchquerten sie den Palast der Republik von der Wasserseite her zum Marx-Engels-Platz. Tina sah auf die Uhr.

„Jetzt sitzt er schon da."

Sie war der Meinung, diesen Satz nur gedacht zu haben.

„Wer sitzt wo?" fragte Ramona.

„Ach nichts, war bloß so hingesagt."

„Wer sitzt wo? Tina, bei dir stimmt was nicht. Los, pack aus", sagte Ramona.

Tina erzählte ihr, wer da im Café vom Palasthotel saß und wie sie ihn kennengelernt hatte.

„Und was würdest du an meiner Stelle machen?“ fragte Tina.

„Hingehen. Ist doch nichts dabei. Oder bist du dir deiner nicht sicher? Was ist das überhaupt für einer?“

„Wir bummeln noch ’ne Stunde oder zwei, dann gehen wir ins Café“, sagte Tina.

„Du mußt verrückt sein“, sagte Ramona, „denkst du vielleicht, der wartet zwei Stunden?“

„Muß er ja nicht.“ Lachend zog Tina Ramona mit in Richtung Unter den Linden.

Sie alberten um das Reiterdenkmal Friedrichs des Großen herum, aßen Eis auf der Terrasse des Lindencorso, schlenderten an den Schaufenstern des Pelzladens und des Meißner-Porzellan-Geschäftes vorbei, landeten am Brandenburger Tor. Dann bewegten sie sich auf der anderen Seite der Linden zurück. Vor dem Schmuckladen neben dem Lindenhotel blieben sie stehen, bewunderten den Schmuck und staunten über die Preise.

Um halb fünf betraten sie das Café.

„Wollen wir wetten, daß er nicht mehr da ist?“ fragte Ramona.

„Werden wir gleich sehen“, sagte Tina.

Er saß allein an einem Tisch, vor sich eine Kanne Tee.

Er bemerkte sie im selben Augenblick wie Tina ihn.

Er kam ihr entgegen, strahlte und sagte: „Ich wußte, daß du kommst, ich wußte es.“

„Das ist meine Freundin Ramona“, sagte Tina.

„Angenehm.“

Er bestellte Kaffee und Torte für die Mädchen. Neben seiner Teekanne lag ein großes Notenbuch, auf dem in verschnörkelter Schrift Wolfgang Amadeus Mozart zu lesen war. Dietmar tippte auf das Notenbuch.

„In zwei Wochen fahre ich zu einem internationalen Wettbewerb nach Prag, deshalb schleppe ich das immer mit mir herum“, sagte er.

Es scheint ihn gar nicht zu stören, daß ich nicht allein gekommen bin. Oder er ist nicht nur ein guter Pianist, sondern auch ein guter Schauspieler, dachte Tina.

Er erzählte vom Lampenfieber, das ihn vor jedem Auftritt so packte, daß ihm schlecht wurde; sprach, ohne daß es wie

Angeberei klang, davon, wie stolz er war, nach Prag fahren zu dürfen.

Ramonas Augen leuchteten, Tina entging das nicht.

„Ich muß mich leider verabschieden“, sagte Ramona, unerwartet für Tina, „ich bin nämlich verabredet, hätte ich fast vergessen.“

20

Ich muß total verrückt sein.

Gleich am ersten Abend, als ich Dietmar sah, wußte ich, der kann mir gefährlich werden. Fast drei Wochen kenne ich ihn, und wir haben uns schon fünfmal getroffen. In der Zeit habe ich an Frank ganze vier Postkarten geschrieben.

Ich weiß, das alles ist gegenüber Frank gemein. Ich weiß nicht, was ich machen soll. Auf einmal bin ich mir überhaupt nicht mehr sicher, was Frank und mich betrifft. Vor ein paar Wochen dachte ich, so was kann dir nicht passieren; schließlich heiße ich nicht Odette. Und ausgerechnet muß Frank im Sommerlager sein, wäre er in Stückow und hätten wir uns jedes Wochenende sehen können, es wäre wohl alles anders gelaufen. Oder wäre mir der Gedanke, diese Katrin mit ihrem Baby zu besuchen, einen Tag früher oder später gekommen, ich hätte Dietmar nie kennengelernt.

Dietmar ist ganz anders als Frank, aber irgendwie gleichen sie sich auch. Sie sind beide ruhig und sachlich. Aber Dietmar sagt andauernd Sachen, die ich auch schon gedacht habe. Zum Beispiel: „Um richtig miteinander reden zu können, braucht es besonderer Situationen.“ Oder: „Weißt du, ich glaube, es gibt Sekunden oder Minuten im Leben eines Menschen, die programmieren sein ganzes Leben um.“ Ich bin sicher, er ist einer von der seltenen Sorte, mit denen man über alles reden kann. Ich habe es bis jetzt nicht versucht, aus Angst habe ich es vorsätzlich nicht versucht, wenn es klappen würde, wäre er mir noch sympathischer. Das will ich nicht. Trotzdem, als wir uns zum drittenmal trafen und er mich abends bis zum Krankenhaus brachte, da habe ich mich küssen lassen. Und wenn ich ganz ehrlich bin, wenn er es darauf angelegt hätte, ich weiß nicht, was noch passiert wäre.

So geht es nicht weiter.

Am Ende der nächsten Woche ist Frank wieder in Stükkow.

Gestern nahm mich mein Vater beiseite und fragte: „Was hältst du davon, wenn wir nach dem Abendbrot einen Spaziergang durch die Heide machen?"

„Soll das vielleicht ein verspäteter Aufklärungsspaziergang werden?" wollte ich wissen.

„So was Ähnliches", sagte er, und ich ahnte, was kommen würde. Ich hatte richtig geahnt.

„Tina", sagte er, als wir über die große Wiese gingen, „du weißt, ich rede dir nie in deine Angelegenheiten rein. Das soll auch so bleiben. Aber ich glaube, du bringst dich in eine Situation, in der du nicht mehr ehrlich sein kannst. Oder irre ich mich? Hast du den jungen Mann, mit dem wir dich neulich vor der Haustür haben stehen sehen, inzwischen abgemeldet?"

Ich erzählte ihm, in welcher Lage ich mich befinde, nichts ließ ich aus, auch meine Zweifel, ob Frank wirklich der einzig Richtige für mich sei, sprach ich aus.

„Das ist eine Entscheidung, bei der dir keiner helfen kann, das mußt du allein durchstehen. Nur eins ist sicher, du mußt dich entscheiden, und du mußt es bald tun. Tust du es nicht, ist das unfair Frank und auch dem jungen Mann gegenüber. Davon, daß du einen von beiden beschwindeln mußt, will ich gar nicht reden."

Was habe ich mir schon alles vorgestellt: Ich bin dreißig, verheiratet seit zehn Jahren mit dem berühmten Pianisten D. R., der andauernd durch die Welt reist, ich sitze mit meinen drei Kindern im Garten eines schönen Hauses und warte ... Ich bin dreißig, verheiratet mit dem Ingenieur F. T., wir kommen gerade mit unseren drei Kindern auf dem Flugplatz Schönefeld an, nur für drei Wochen Urlaub, denn wir arbeiten in Angola, ich als Hebamme in einem Krankenhaus, Frank in einer Automobilgroßreparaturwerkstatt, die Kinder sprechen besser portugiesisch als wir, wir fahren vom Flugplatz nach Hause, in unsere Wohnung, meine Eltern stehen vor der Tür, große Begrüßungsszene.

„Warst du auch schon mal in so einer Situation wie ich jetzt?" fragte ich meinen Vater.

„War ich. Deshalb weiß ich, daß einen solche ungeklärten Verhältnisse fertigmachen können. Für alle Beteiligten ist das belastend."

„Kanntest du da Mutti schon?"

„Wir waren zehn Jahre verheiratet", sagte er.

Weiter wollte ich nicht fragen, ich hatte das Gefühl, daß er nichts mehr darüber sagen würde.

„Am nächsten Wochenende solltest du nach Stückow zu Frank fahren und die Sache klären, so oder so."

Dann redeten wir über andere Dinge.

Ich habe mich entschieden! Ob es richtig oder falsch ist, das weiß ich nicht. Woher soll man das wissen? Aber ehrlich ist es auf alle Fälle, das weiß ich. Trotzdem, vielleicht werde ich es mal bereuen … Immer wenn es mal Probleme in unserer Ehe geben wird, werde ich mir vorstellen, wie es wohl sein würde, wenn ich mich jetzt anders entschieden hätte.

Ich habe mich entschieden!

Gestern ist Dietmar nach Prag geflogen. Ich habe ihn zum Flughafen gebracht. Wir waren etwas zu früh da und setzten uns in die Caféecke.

„Weißt du, daß es so mit uns nicht weitergehen kann? Ich habe ein schlechtes Gewissen deinem Verlobten gegenüber. Ich stelle mir vor, ich wäre an seiner Stelle. Du mußt dich entscheiden, Tina, er oder ich."

Ich war mit Dietmar zum Flughafen gefahren, um ihm zu sagen, daß ich klare Verhältnisse schaffen wolle, daß wir uns nicht mehr sehen würden. Daß er nun davon anfing, das machte es mir etwas leichter.

„Ich habe mich entschieden …", sagte ich. Er nahm meine Hand, sah mich an.

„Du mußt mir nichts weiter sagen. Ich weiß, wie du dich entschieden hast", sagte er.

Dann wurde sein Flug aufgerufen. Er küßte mich und sagte: „Vergessen werde ich dich bestimmt nicht so leicht."

Ich drehte mich auf dem Absatz herum, und ohne mich umzusehen, rannte ich aus dem Flughafengebäude.

21

Frank wußte, daß sie kommen würde.

Tina saß schweigsam neben ihrem Vater im Auto. Es war ein heißer Tag. Als sie die Stadt hinter sich gelassen hatten, kamen sie ab und zu an Seen vorbei, an deren Badestellen es vor Menschen wimmelte.

„Hast du Lust, wollen wir halten und ins Wasser springen?“ fragte Tinas Vater.

Sie schüttelte den Kopf.

Etwas später fuhren sie durch den Wald.

„Hältst du mal an?“ fragte Tina.

Ihr Vater hielt am Straßenrand, Tina stieg aus, sprang über den Graben, ging ein paar Schritte tief in den Wald, breitete ihre Arme aus und stieß einen langen schrillen Schrei aus.

Sie kam zurück zum Auto.

„Ist dir jetzt leichter?“

„Ein bißchen, ein kleines bißchen“, sagte Tina.

Kurz vor der Kaserne bat Tina ihren Vater, zu halten.

„Was denn, noch mal den Minelli-Schrei?“

„Nein, ich möchte dich bitten, nicht jetzt gleich mit in die Kaserne zu kommen. Setz mich ab und komm erst in einer Stunde wieder. Siehst du mich vor dem Tor stehen, lade mich vorsichtig in dein Auto und frage nichts. Stehe ich nicht vor dem Tor, kommst du in den Besucherraum, und vergiß nicht, den Kuchen aus dem Kofferraum mitzubringen.“

„Und du willst Frank alles beichten?“ fragte ihr Vater.

„Alles.“

„Ich weiß nicht, wenn du dich für ihn entschieden hast, mußt du ihm dann wirklich alles erzählen?“

„Doch, das muß ich. Auch er muß sich entscheiden können.“

Der Vater setzte Tina vor der Kaserne ab, sah sie durch das Tor gehen. Er parkte seinen Trabant so, daß er dem Tor gegenüberstand. Er verließ den Wagen, wanderte eine Dreiviertelstunde durch den Wald, kehrte zurück, und obwohl er eigentlich noch fünfzehn Minuten hätte warten müssen, holte er den Kuchen aus dem Kofferraum und ging durch das Kasernentor.

Helmut Sakowski

Wie ein Vogel im Schwarm

Roman

2. Auflage · 192 Seiten · Ganzleinen 7,90 M

Wie ein Vogel im Schwarm lebt Käthe Lindner mitten unter den Leuten, zufrieden mit ihrer Tätigkeit als Raumpflegerin, zufrieden mit sich und der Welt. Doch eines Tages ist es vorbei damit. Man hat ihr die Brille zerschlagen, sie erstattet Anzeige. Und nun beginnt eine turbulente Geschichte, und „unversehens befindet man sich mitten unter Bewohnern einer Stadt, ‚auf der Strecke zwischen Berlin und Warnemünde', im Kreise einer Hausgemeinschaft, deren Gemeinsamkeiten, Liebes- und Ehegeschichten, Ränke und Streitereien, Wünsche, Pläne und Konflikte den Inhalt bestimmen. Sakowski führt in das Milieu von Reinemachefrau und Hausmeister, Eisenwarenhändler, Maurer und einer aus alten Zeiten übriggebliebenen Generalswitwe. Einbezogen sind auch Intellektuelle in einer Villa, weil Raumpflegerin Lindner dort für Sauberkeit sorgt und Maurerssohn Timm die Architektentochter Gina liebt …
Ereignis folgt auf Ereignis. Vom Halbstarkenkrawall am Hauptbahnhof bis zur gestörten Liebesszene im Gerümpelschuppen auf dem Hinterhof steckt jeder Abschnitt voller Handlung." *Sonntag, Berlin*

Verlag Neues Leben Berlin